Le Théâtre

ÇOLLÉ

L'ESPRIT FOLLET

OU LA

DAME INVISIBLE

COMÉDIE EN CINQ ACTES

REPRÉSENTÉE POUR LA PREMIÈRE FOIS EN VERS ALEXANDRINS EN

1770

LE RENDEZ-VOUS MANQUÉ PAR PIERROT

FOLIE-VAUDEVILLE, avec la MUSIQUE

NOUVELLE ÉDITION

PUBLIÉE

fondateur Collection — 100 *Bons Livres* 10c

I0564653

PARIS

PARTEMENTS, ÉTRANGER,

CHEZ TOUS LES LIBRAIRES

1878

Collé

L'ESPRIT FOLLET

OU LA

DAME INVISIBLE

Comédie en cinq Actes

REPRÉSENTÉE POUR LA PREMIÈRE FOIS EN VERS ALEXANDRINS EN

1770

LE RENDEZ-VOUS MANQUÉ PAR PIERROT

Folie-Vaudeville, avec la Musique

ShG1

NOUVELLE ÉDITION

PUBLIÉE

fondateur Collection — 100 Bons Livres 10c

PARIS

Départements, Étranger,

CHEZ TOUS LES LIBRAIRES

1878

L'ESPRIT FOLLET

PERSONNAGES

PONTIGNAN, jeune officier.
ALCIDOR, frère d'Angélique.
ANGÉLIQUE, sa sœur.
LÉONOR, amoureuse de Saint-Alban.

LISETTE, suivante d'Angélique.
SCAPIN, valet de Pontignan.
LA FORET, intrigant, déguisé
LARAMÉE, }laquais d'Alcidor.
CASCARET, }

(La scène est à Paris.)

ACTE PREMIER

(Le théâtre représente la place Royale).

SCÈNE I

PONTIGNAN, en frac élégant, et marchant à grands pas; SCAPIN
courant tout essoufflé après lui.

PONTIGNAN, s'arrêtant.

Scapin! pour la première fois
Qu'en habit du matin je cours la capitale,
Par toi je me fais suivre exprès dans vingt endroits;
Je m'arrête aux beautés que cette ville étale;
 Et... d'intervalle en intervalle,
 J'espérais... que je jouirais
 De ta surprise sans égale,
 A chaque objet que tu verrais....
Eh! tu ne me dis mot? Quel silence sournois.

SCAPIN, marquant sa lassitude, et d'un air d'humeur.

Eh! nous voilà, monsieur?...

PONTIGNAN.

     Dans la place Royale.

(D'un air impatient.)

Admire donc!

SCAPIN, en regardant les bâtiments.

    Ah! monsieur, les beaux toits!
Qu'ils sont majestueux! Que d'ardoise et de bois
Ces gens riches ont mis à cette couverture!
 Eh! que de goût dans sa structure!

PONTIGNAN, légèrement et gaiement.
Mais, imbécile créature,
Que dis-tu de Paris?

SCAPIN, donnant encore des signes d'un homme harassé.
Je dis..... qu'il est bien grand ;
Que sa dimension m'essouffle..... et me surprend ;
Que son pavé me lasse.... et que Paris me semble,
Quand d'un quartier à l'autre l'on se rend,
Aussi vaste à lui seul que vingt villes ensemble.
Venant ici du faubourg Saint-Germain,
Près du pont Royal.... quel chemin !
J'ai cru n'arriver que demain !
Nous avons mis plus d'une heure d'horloge !

PONTIGNAN, légèrement.
Et ! n'as-tu pas bien employé ton temps?
Quand l'on n'a, comme toi, jamais vu que Limoge,
L'on devrait de Paris faire un peu plus l'éloge.

SCAPIN.
Paris est merveilleux ! Mais ses fins habitants
(A moi qui suis sans ruse et sans finesse)
Ne me conviendront de longtemps.
Avant que d'être fait à tous leurs tours d'adresse,
Je crains d'en être dupe un peu plus qu'il ne faut.

PONTIGNAN.
Mais, au contraire ! le défaut
Qu'au bon Parisien l'on reproche sans cesse,
C'est celui d'être dupe. On l'appelle *Badaut*.

SCAPIN.
Eh! la dame voilée...

PONTIGNAN.
Eh bien?

SCAPIN.
Celle qui rôde
Ici sans cesse autour du maître et du valet;
Votre dame invisible, est-elle une badaude?

PONTIGNAN, avec transport.
Ah! Scapin, que d'esprit!

SCAPIN, reprenant vivement.
C'est un esprit follet !

Un lutin, un démon! c'est un vrai farfadet!...
Ou, tout au moins, elle a commerce avec le diable
      Cela paraît indubitable;
    Car,... sans cela, d'où peut-elle savoir
Ce qu'on dit, ce qu'on fait,... ce qu'elle n'a pu voir?
Comment se rencontrer le matin et le soir,
Partout où nous allons nous y venir surprendre?

     PONTIGNAN, lentement, et d'un air de rêverie.
    J'ai quelque peine à le comprendre;
     A moins que ce marchand anglais,
Qui loge et mange à notre hôtel de Flandre,...
Auquel souvent je parle,... et qui part pour Calais,
Ne soit son espion...

     SCAPIN, l'interrompant.
       Lui?... que l'on le soupçonne?
    Bon! ce gros marchand de bijoux
Cherche à vendre bien cher ses drogues, cet automne?
Et d'ailleurs, revenu de Limoge avec nous,
Peut-il savoir qu'ici votre père vous donne
      A Léonor pour époux?
C'est un secret qui n'est su de personne,
     Que de moi, monsieur, et de vous.
La dame, cependant, que le diable protége,
Sait ce secret.

     PONTIGNAN, rêvant et très-lentement.
    D'accord!... et cela me surprend.

     SCAPIN, reprenant très-vivement.
Deviner les secrets, est-ce un art qui s'apprend?
    Il entre là du sortilége!

     PONTIGNAN, haussant les épaules.
La bête!

    SCAPIN, d'un ton de reproche et d'un air grondeur.
    Oh! oui la bête? Eh bien! vous le dirai-je?
    Ce n'est point là comme l'on se conduit;
     Craignez de donner dans un piége!
Vous venez à Paris, où nous entrons de nuit;
     Une façon d'aventurière,

Riche (c'est elle qui le dit),
Dès le lendemain vous poursuit,
Et sa tendresse, prompte autant que singulière,
Vous offre sa fortune entière,
Sous la condition de rompre votre hymen,
De ne point voir Léonor ni son père;...
Et vous, monsieur, sans examen,
Pour cette espèce-là...

PONTIGNAN, l'interrompant avec colère.

Que le ciel te confonde,
Coquin! c'est une femme honnête!...un ton du monde!..
C'est une femme comme il faut!
Oh! cela se connaît bientôt,
Au maintien, aux propos, à l'air de retenue!...
Mais, voyez un peu ce maraud!

(Avec l'emportement de la passion.)

Tendre, pleine d'esprit, et pourtant ingénue,
Je l'adore, cette inconnue
Qui me voit tous les jours, sans l'avoir presque vue;
(En riant.)
Je dis presque...

SCAPIN.

Et pourquoi?

PONTIGNAN, gaîment.

Mais c'est qu'hier le vent,
En agitant son voile, à moitié le levant,
M'en fit voir assez dans la rue...

(Avec une vivacité très-impétueuse.)

Blancheur!.. éclat!.. fraîcheur!.. la fleur de la santé
Oh! ce doit être une beauté!
J'en fus... oh! j'en fus transporté!

SCAPIN.

Et vous l'êtes encor!

(D'un air railleur.)

C'est donc beauté céleste?
Voilà comme en amour un novice se prend.

(D'un ton sérieux et vivement.)

Moi, vieux routier, je suis plus pénétrant

C'est en vain qu'avec vous elle fait la modeste,
Si le reste était beau, vous eussiez vu le reste ;
Elle est laide, gageons !

PONTIGNAN, avec colère.

Tais-toi ! Je dois la voir.

(Avec passion.)
Je suis sûr de la trouver belle !
on doit bientôt me conduire chez elle.

SCAPIN.

Et quand, monsieur ?

PONTIGNAN.

Peut-être dès ce soir.

SCAPIN.

C'est un démon : craignez d'entrer dans son manoir ;
Quoi ! vous irez ?

PONTIGNAN.

Sans doute,

SCAPIN, soupirant.

Hélas !

PONTIGNAN, le regardant en pitié.

Pauvre cervelle !

SCAPIN.

Si ce n'est pas le diable et sa séquelle,
Du moins, défiez-vous des dames de Paris !
A Limoge ils m'ont dit qu'elles étaient à craindre.
Les plus fins souvent y sont pris ;
Et toujours, au lieu de les plaindre,
L'on s'en moque...

PONTIGNAN, l'interrompant.

Ah ! finis.

SCAPIN.

Soit ; mais je suis surpris
Que cette adorable inconnue,
Qui depuis quinze jours nous suit où nous allons,
Nous laisse respirer, et ne soit pas venue...
Mais, je la vois ; elle est toujours sur nos talons.

SCÈNE II

PONTIGNAN, SCAPIN, ANGÉLIQUE au fond du
théâtre; LISETTE s'avançant. Elles sont toutes deux voilées.

SCAPIN, continuant de parler à son maître.
Elles nous écoutaient!

(A part.)
J'enrage!
LISETTE, à Pontignan.
Monsieur, tournez ici les yeux,
Vous devinerez mon message.
(Elle lui montre sa maîtresse qui est à dix pas.)
PONTIGNAN, impétueusement.
Je la vois!... J'obéis, sans tarder davantage,
A ce message gracieux!
(Il court à Angélique, cause et se promène avec elle près de la ferme
du théâtre.)
LISETTE, à Scapin, lentement et d'un ton railleur
Monsieur Scapin a l'air bien soucieux ;
Aurait-il du chagrin ?
SCAPIN, avec un peu d'humeur.
Peut-être,
Dis-moi : puis-je être fort gaillard,
Lorsque je vois mon pauvre maître,
Simple, de bonne foi, sans malice et sans art,
Faire l'amour à ton *Colin-Maillard*?
LISETTE, montrant sa maîtresse qui est au fond.
Tu voudrais donc qu'elle se fît connaître ?
Pas encor, monsieur, pas encor !
Il faut qu'avant ton maître rompe
Sans retour avec Léonor.
SCAPIN.
Mais si ta maîtresse le trompe?...
LISETTE, l'interrompant avec colère.
Des soupçons?.. Crains, maraud, d'attirer mon courroux.
SCAPIN, avec humeur.
S'il suivait les avis d'un serviteur fidèle,
Elle se montrerait!.. Ou, plus de rendez-vous !

LISETTE, légèrement et gaîment.
Bon! des rendez-vous? bagatelle!
En avons-nous besoin?
SCAPIN, d'un air triste.
Vous les prenez sans nous,
D'accord!
LISETTE, d'un ton imposant.
Notre puissance est telle,
Qu'un esprit familier sur-le-champ nous révèle
Ce qu'on fait de caché, ce que l'on dit tout bas.
Ton maître ne peut faire un pas
Que nous ne le sachions, en quelque endroit qu'il aille.
SCAPIN, toujours avec humeur.
Qu'il aille?.. Eh! s'il ne sortait pas!
LISETTE, d'un ton d'assurance.
Oh! pour lors, il n'est point de porte et de muraille
Que notre esprit ne perce dans ce cas.
SCAPIN.
Vous avez un esprit *perce-porte*?
LISETTE, avec un ton encore plus affirmatif.
Sans doute!
Il n'est pas question ici de badiner:
Je me rends invisible, et parfois je t'écoute;
Avec ton maître seul je t'entends raisonner.
Tu parles contre nous, et veux nous chagriner.
Hier encore, en perçant votre voûte,
J'ouïs les beaux conseils que tu sus lui donner.
(D'un ton menaçant et très-vivement.)
De son amour pour nous s'il faut qu'il se dégoûte
Je ne me prends qu'à toi;... j'irai te lutiner:
La nuit, quand on ne verra goutte,
Dans ton lit tu te sentiras
Pincer le nez, tordre les bras;
Et deux de mes lutins, qu'aux enfers l'on redoute,
T'enlèveront hors de tes draps;
Et puis te laisseront retomber... patatras!
SCAPIN, tout tremblant.
Je ne dirai plus rien: j'en jure!
De grâce! ne me fais pas peur!

Je suis poltron, et de nature
A mourir de pure frayeur?

LISETTE.

Soit. Je pardonne encore à ta langue traîtresse.
Ton maître, au reste, est trop heureux
D'avoir su plaire à ma maîtresse.
Dans elle tout s'unit pour contenter ses vœux:
De grands biens et de la noblesse,
Des grâces, de la gentillesse,
De la beauté, de la tendresse....

SCAPIN, l'interrompant avec vivacité.

Parles-tu vrai? De la beauté?
Mais... de la beauté naturelle?
A l'art, l'on n'a rien emprunté.
Ses yeux sont de vrais yeux?

LISETTE, d'un ton ironique.

Oui, faits exprès pour elle,
Et qui pourtant n'ont rien coûté!
Pour moi, je suis un peu moins belle,
Moins régulière, et j'espère pourtant,
Si nous nous marions que tu seras content,

SCAPIN d'un air embarrassé.

Me marier?... J'ai fait un vœu qui m'en empêche.

LISETTE, vivement et gaîment.

Oh! quand tu m'auras vue...

SCAPIN, l'interrompant.

Eh! non, non.

LISETTE, reprenant vivement.

Eh! si, si.
Ton humeur sera moins revêche,
Je te verrai l'esprit plus adouci.
D'ailleurs, outre mon bien, je te promets aussi
De te donner des leçons de grimoire....
Je veux, qu'en peu de temps...

SCAPIN, d'un air brusque.

Ce serait temps perdu,
Non.

LISETTE.

Ce n'est pas la mer à boire;

Et sans avoir grande mémoire,
Bruks! Haure! Gart! Krinkes! Mirsdu!
Répète un peu pour voir?

SCAPIN

Il ne m'est pas possible!

LISETTE

Pourquoi?... n'as-tu pas entendu?...
Eh bien! trois mots de plus te rendraient invisible:
Tu surprendrais les gens au dépourvu.
Conçois-tu le plaisir de voir sans être vu?

SCAPIN.

Oui.... Mais, il faut avoir commerce avec le diable.

LISETTE.

Eh bien! voyez le grand malheur!
S'il entrait en commerce avec toi, misérable,
Il te ferait beaucoup d'honneur!
Mais voici nos amants!

SCÈNE III

ANGÉLIQUE, PONTIGNAN, LISETTE, SCAPIN.

PONTIGNAN,   avec la plus grande vivacité.
Je le demande encore,
Madame, accordez-moi le plaisir de vous voir!...
Vous savez que je vous adore,
Et me mettez au désespoir

ANGÉLIQUE, d'un air doux et tendre.
Tout cela ne peut m'émouvoir.
Il faut auparavant rompre avec Léonor.
Je vous aime et mon cœur jaloux
Ne peut trop s'assurer de vous
Avant de me faire connaître.

PONTIGNAN se jetant à ses pieds, avec feu.
Je vous en conjure, à genoux:
Une minute, au moins, daignez paraître
Sans ce voile impatientant!

ANGÉLIQUE, d'un ton plus ferme.

Non, monsieur ; et tâchez d'écouter un instant.
Je sais que vous êtes le maître
De disposer de votre sort ;
Votre père avec vous sera bientôt d'accord
De votre hymen. Il est sortable ;
Je dis plus, il est préférable
A cet autre hymen convenable
Qu'il avait arrangé d'abord.
Mais de cette union, qui peut m'être fatale,
L'engagement subsiste encor ;
L'on a donné parole à Léonor,

(Avec passion.)

J'ai donc encore une rivale !...

PONTIGNAN, l'interrompant impétueusement.

Une rivale ?... Ah ciel !... pouvez-vous en avoir ?
En peut-on craindre avec les charmes
De l'âme et de l'esprit que vous m'avez fait voir ?
Cependant, dès ce soir, je calme vos alarmes ;
Je veux que Léonor apprenne, dès ce soir,
Que je ne puis l'épouser ni la voir ;
Qu'un autre objet m'a fait rendre les armes.
Et que je suis sous un autre pouvoir !
Mais quand mettrez-vous fin au tourment que j'endure ?
Quand vous verrai-je !...

ANGÉLIQUE, l'interrompant

Ah je vous en conjure,

(Tendrement.)

Plus d'instance ! Un billet vous le fera savoir.
Mais que votre cœur se rassure :
Le mien brûle pour vous d'une ardeur vive et pure ;
Mes sentiments pour vous sont décidés.
Ah ! croyez que je sens la peine la plus dure
A refuser ce que vous me demandez ;
Mais ma gloire l'exige, et veut que je sois sûre,
Avant de me montrer.... d'une pleine rupture.
Cependant cherchez-y quelque honnête tournure ;
Et mettez-y tous les bons procédés :

A tous égards Léonor les mérite.
Adieu.

PONTIGNAN.

Quoi vous partez !

ANGÉLIQUE.

Il faut que je vous quitte.

PONTIGNAN, très-vivement.

Et sans que je vous voie ? Ah ! cruelle !

ANGÉLIQUE, du ton le plus tendre.

Attendez !

Angélique doit dire ce mot en rassurant très-tendrement son amant et en laissant tomber d'un air affectueux sa main sur le bras de Pontignan.

SCÈNE IV

PONTIGNAN, SCAPIN.

PONTIGNAN, d'un air piqué et vivement.

Pour son amant être aussi défiante !
Est-ce là de l'amour ? qu'en dis-tu, Scapin ?

SCAPIN, se retenant et d'un air contraint.

Rien.

PONTIGNAN, d'un air tendre d'abord, et ensuite d'un air pressant à Scapin dont il prend le bras.

Mais, d'ailleurs, qu'elle est ravissante !
C'est un esprit...

SCAPIN d'un air troublé

Divin !

PONTIGNAN, tenant toujours Scapin

Un charme....

SCAPIN, toujours troublé.

Elle est charmante !

PONTIGNAN, continuant, et le retenant encore.

Une grâce noble et touchante
Qu'on trouve dans son entretien.
N'est-ce pas ?

SCAPIN, balbutiant.

Oui, monsieur.

PONTIGNAN.

Que t'a dit sa suivante ?

SCAPIN, de l'air du plus grand embaras.

Je ne m'en... souviens pas... trop bien.
Mais quel homme à nous se présente ?
C'est notre Anglais ! il n'a pas l'air content.

SCÈNE V

PONTIGNAN, SCAPIN, LA FORÊT, en marchand
anglais.

LA FORÊT.

Monsié ! quitte fous pas, ast'haire, une inconnue,
Que fous connaissez point ?

PONTIGNAN.

Oui, monsieur, dans l'instant.

LA FORÊT.

Sur son tête elle affait une voile étendue,
Est-ce point ?

PONTIGNAN.

Oui, monsieur,

LA FORÊT.

Si vous l'affez point vue,
Soyez sage ! la voyez pas !

PONTIGNAN, d'un air vif et inquiet.

Eh ! pourquoi donc ? est-elle sans appas ?

SCAPIN, à part.

Ma foi ! cela pourrait bien être !

PONTIGNAN, d'un air d'impatience

Achevez donc, monsieur ! êtes-vous dans le cas
De la voir et de la connaître ?

LA FORÊT, avec plus de sang-froid encore.

Point ! point ! mais son sexe, il est traître,
Quand on le connaît point, et quand on le connaît
Profite fous de mon ruine
Ecoutez ! hier même, au quartier Saint-Benoît,
Ils mènent moi souper, et jouer... (j'imagine)
Chez une mam'selle coquine,

Où l'on me vole, au jeu, cinqk cents liffres tournois,
Ché la connaissais point; chai tort; ché suis un bête;
Aussi bien, affait-elle un petit air sournois?
Que mon exemple donc vous serve, et vous arrête,
Monsié, votre inconnue, il est peut-être honnête;
  Peut-être il ne l'est point. Je crois
  Que j'y parîrais point mon têle.
Adieu. Je fous en dis point plus pour cette fois.

SCÈNE VI

PONTIGNAN, SCAPIN.

PONTIGNAN.

Ce sont vingt louis qu'il en coûte
Au pauvre diable!

SCAPIN, d'un air pensif

Oh! oui! que vous seriez heureux
Qu'à ce prix!... Je me tais!

PONTIGNAN.

Achève, je le veux

SCAPIN, d'un air craintif.

Fort bien! et l'esprit ténébreux
Viendra me lutiner quand on ne verra goutte.

PONTIGNAN.

Parle, ne sois point si peureux,
Je te promets le secret.

SCAPIN.

Oui!... sans doute!
Mais si l'esprit est là qui nous écoute?

PONTIGNAN.

Où donc?

SCAPIN.

Eh! là; peut-être entre nous deux,
En disant: crak, mifduf, il se rend invisible.

PONTIGNAN, riant

Invisible?

SCAPIN.

Oh! riez! la chose est bien risible!

Je vous dis, moi, qu'il voit sans être vu.

PONTIGNAN.

Peut-on de sens commun être aussi dépourvu,
  Assez imbécile pour croire?...

SCAPIN, l'interrompant

Pour croire?... Eh! mais il n'a tenu
Qu'à moi d'apprendre le grimoire;
Et si j'avais bien retenu,
Si j'avais pu mettre dans ma mémoire
Bruk, krink...

PONTIGNAN, l'interrompant.

Quelle peste d'histoire!

SCÈNE VII

ALCIDOR, PONTIGNAN, SCAPIN,

ALCIDOR.

Que vois-je? quoi! c'est vous? des Climours à Paris!
Il l'embrasse.
  Vous à Paris? Eh! qu'y venez-vous faire?

PONTIGNAN.

Cher Alcidor, cessez d'être surpris:
  Je suis ici pour une affaire;
Votre amitié, dont je sens tout le prix,
  M'y peut même être nécessaire.

ALCIDOR, très-vivement

  Parlez! je serais trop heureux!
Je n'ai point oublié que je vous dois la vie!
Dans ce détachement dont nous étions tous deux,
  Près d'Halberstat, elle m'était ravie,
  Sans le secours de ce bras généreux.
Et le feu qu'à propos fit votre infanterie!

PONTIGNAN, d'un air modeste

N'appuyez point sur cela, je vous prie.

ALCIDOR, très-vivement.

  Soit. Mais voyez ce que je puis;
Ordonnez, des Climours.

PONTIGNAN.
Apprenez qui je suis:
Des Climours est un nom que me força de prendre
Une affaire d'honneur, qui s'arrangea depuis.

ALCIDOR.
En ce cas-là, daignez vite m'apprendre...

PONTIGNAN, l'interrompant.
Limoge est mon pays; Pontignan mon vrai nom.

ALCIDOR, riant et en badinant
Eh! vous venez ici vous rendre
Pour épouser Léonor?

PONTIGNAN, de l'air du plus grand étonnement.
Bon!
Qui vous en a tant dit?

ALCIDOR, toujours légèrement.
Oh! c'est là votre affaire!
Elle sera facile à faire;
Mon meilleur ami, c'est son père.
e nom de Pontignan ne m'étant point connu,
onnaissant bien Limoge et son peuple ingénu,
Je plaignais Léonor de s'y voir exilée...
t contre cet hymen, dont elle est accablée,
Je sais son esprit prévenu;
Mais elle sera consolée,
orsque je vais lui dire...

PONTIGNAN, l'interrompant
Arrêtez, Alcidor!
Puisque ce choix l'a désolée,
Une raison, cent fois plus forte encor,
M'empêche, moi, d'épouser Léonor.
'exige donc de vous d'employer votre zèle
Pour rompre...

ALCIDOR l'interrompant.
Oh! mais pensez-y bien;
N'allons pas si vite. Elle est belle
t riche; à la plus sage elle sert de modèle;...
Des grâces dans l'esprit, comme dans le maintien:
Écoutez la raison, qui vous parle pour elle.

L'ESPRIT FOLLET.   2

PONTIGNAN, très-vivement.

Lorsque le cœur est pris, l'on n'écoute plus rien,
J'aime ailleurs, et je vous conjure
De m'arranger cette rupture,
Avec tous les égards, tous les ménagements
Que Léonor mérite !

ALCIDOR, d'un air affectueux.

Oh ! je vous en assure.
Mais quels sont les liens charmants
Qui font?...

PONTIGNAN, l'interrompant.

Ah ! c'est une aventure...
On n'a rien vu de tel dans les romans...
J'irai vous voir et choisir vos moments
Pour vous la raconter.

ALCIDOR, très-vivement

Venez-y tout à l'heure !
Car je veux vous loger ; je ne souffrirai pas
Que mon meilleur ami demeure
Autre part que chez moi !

PONTIGNAN, refusant mollement.

Mais... c'est un embarras...

ALCIDOR, l'interrompant avec vivacité.

Non ; j'ai dans mon premier étage
Un bel appartement, tout vis-à-vis du mien ;
Et l'escalier qui les partage,
Fait que chacun est maître et libre dans le sien.

PONTIGNAN.

Je ne ferai donc pas de façon davantage.

ALCIDOR d'un air de bonhomie.

Venez, venez, vous serez bien.

SCAPIN.

En ce cas là, monsieur, notre bagage...

PONTIGNAN, l'interrompant

Suis-nous et prends bien garde...

SCAPIN, l'interrompant.

Il n'y manquera rien

ACTE DEUXIÈME

(La scène est dans la maison d'Alcidor.)

SCÈNE I
ANGÉLIQUE, LISETTE.

LISETTE.

J'ai vu l'appartement qu'Alcidor, votre frère,
A cet ami si cher donne dans sa maison:
Il est commode et beau.

ANGÉLIQUE.

C'est celui que ma mère
Nous donnait, à nous, pour prison,
Quand mon peu de beauté m'attira sa colère.

LISETTE.

Oui, dans son arrière-saison,
Elle se croyait jeune; et pour ôter matière
A faire entre elle et vous quelque comparaison,
La très-défunte et très-jalouse douairière
Sortait sans vous... ici vous tenait prisonnière,
Et sous a clef, contre droit et raison.
Mais nous n'avions pas moins liberté tout entière:
Nous sortions... et deux ais, tournant dans la cloison,
Sans qu'elle s'en doutât, trompaient la geôlière.

ANGÉLIQUE.

Eh! quel est cet ami?

LISETTE.

Je ne sais point son nom;
Ce que je sais, c'est qu'il a du courage,
Qu'il est riche, bien fait, au printemps de son âge;
Et que votre frère voudrait
Vous le donner en mariage.

ANGÉLIQUE, d'un ton très-affirmatif.

C'est ce qu'en vain il tenterait
Il ne pourra point m'y résoudre.
Et Pontignan lui seul...

LISETTE, l'interrompant

Ah ! quelqu'un qui viendrait
Me dire maintenant, et qui me soutiendrait
Qu'en amour il ne fut jamais de coups de foudre.
Votre exemple le confondrait.

ANGÉLIQUE, d'un air tendre.

J'en ai quelquefois honte ; et souvent je m'en blâme.
Non jamais l'amour n'alluma
Si promptement une aussi vive flamme...
Son premier coup d'œil me charma.

LISETTE, gaiement.

Tant mieux ! puisque d'abord Pontignan vous aima.
Convenez que pourtant jamais on ne forma
Une plus leste et plus folle entreprise:
A Pontignan Léonor est promise;
Léonor aime Saint-Alban,
Qui l'adore... encore plus qu'elle n'en est éprise.
Pour servir votre amie, on vous propose un plan;
Vous le suivez... vous usez de surprise;
Vous vous couvrez d'un voile; enflammez Pontignan;
En donnant de l'amour, vous vous en trouvez prise...
Ce petit incident n'entrait pas, quoi qu'on dise,
Dans le plan de votre roman.
Mais, mais l'amour punit tout cœur qui se déguise;
L'amour a fort bien fait; c'était un guet-à-pan !

ANGÉLIQUE, d'un air badin.

Cesse de plaisanter, ou nous aurions querelle.
(D'un air tendre et inquiet.)
Mais, à présent que nous en sommes là,
En me voyant s'il me trouvait moins belle?...

LISETTE, l'interrompant, et gaiement.

Moins belle?... pensez-vous cela?
Le craignez-vous, dans le fond de votre âme?
C'est qu'en ce cas vous seriez bien, Madame,
L'unique et la première femme
Que l'on pût soupçonner de cette crainte-là !

ANGÉLIQUE, toujours d'un air inquiet.

L'amour véritable est timide.

LISETTE, reprenant vivement.

Et je rassure, moi, le véritable amour!
« Vers le bonheur le Dieu d'amour nous guide »:
L'Opéra l'a tant dit! Mais, d'ailleurs, en ce jour,
 Sans plaisanter, ceci prend un bon tour.

ANGÉLIQUE, toujours avec inquiétude.

Oui, jusqu'ici!... Mais je crains par la suite...

LISETTE, l'interrompant.

 Ne craignez rien; l'affaire est bien conduite.
En bijoutier anglais La Forêt travesti,
 Et je lui dois en passant cet éloge,
Au métier d'espion n'est pas un apprenti:
Secrètement d'abord il se rend à Limoge;
Il rejoint Pontignan lorsqu'il en est parti,
Et dans son même hôtel à Paris il se loge;
 De tout il sait tirer parti.
C'est par lui que chacun de nous est averti
 Du moindre pas que votre amant peut faire...
 Allez, je réponds de l'affaire!

ANGÉLIQUE, plus gaiement.

Mais Pontignan doit être bien surpris!
Il ne saurait deviner la manière...
 Comment nous nous y sommes pris,
Pour savoir tous les faits que nous avons appris!

LISETTE.

Je le crois bien; car elle est singulière.
 Il ne peut avoir rien compris
 A tous ces tours de gibecière.
Pour Scapin, il me croit une grande sorcière;
 Et je l'ai fort intimidé:
 Pour lui... je suis un lutin décidé.
 Eh! je vais bien augmenter sa surprise!
Il va de ma magie être persuadé,
Lorsqu'une fausse clef de sa chère valise,
Qui doit à La Forêt être à présent remise,
Pourra l'ouvrir! Alors, Scapin y trouvera
Cent choses... qu'en secret notre Anglais y mettra
 Jugez de ce qu'il deviendra
 Dans son étonnement extrême,

Et quels grands yeux il ouvrira !
Mais c'est La Forêt, c'est lui-même.

SCÈNE II

ANGÉLIQUE, LISETTE, LA FORÊT.

LA FORÊT.

Tout concourt au succès de notre stratagème,
Madame ; et Saint-Alban, encor
Plus épris que jamais d'amour pour Léonor,
Par un nouveau moyen, espère
L'obtenir bientôt de son père.
Vous savez ce que l'or opère ;
Et Saint-Alban prodigue l'or.
Le médecin d'Oronte est d'un bon caractère ;
L'or le fait parler ou se taire ;
L'or lui fait entreprendre tout :
Il répond de ce père, et d'en venir à bout.

ANGÉLIQUE.

Et Pontignan ?...

LA FORÊT, l'interrompant.

Il est dans les plus grandes crises ;
Il se creuse l'esprit pour deviner comment
Vous avez pu savoir tous ses secrets.

LISETTE.

Vraiment !
Nos mesures étaient bien prises.

LA FORÊT, à Lisette.

Tiens, je t'apporte en ce moment
Les fausses clefs des deux valises.

LISETTE.

Ah ! quelle joie ! ah ! donne promptement.

(La Forêt lui donne ces clefs.)

SCÈNE III

ALCIDOR, ANGÉLIQUE, LISETTE, LA FORÊT.

ALCIDOR.

Votre marchand anglais vous rend souvent visite ?

LA FORÊT.

Point tant que chai voutrais, monsié!
Et puis, chai né fends rien. Prend fous ce chrysolite?

(Il tire ce bijou d'un écrin.)

Il m'a coûté, d'un juif, Israélite,
Un prix qui l'était fou. Chai le tonne à moitié.

ALCIDOR.

Non, je n'estime pas cette espèce de pierre.

LA FORÊT, à Angélique.

Matame, il me vient de Calais
Des pelles moires d'Ankelterre.
Chai chez moi des chapeaux, anklais;
Pour le tric-trac, des dés, anklais;
Des chôlis capotes, anklais;
Des petites vases de terre
Montés en or; des gobelets
D'un peau cristal de roche, anklais;
Des tir-bouchons d'acier, anklais;
Foule fous des romans anklais?
Ch'en ai beaucoup; il est rien meilleur sur la terre.
Achetez; rien n'est pon, ni peau, s'il n'est anklais.

ANGÉLIQUE.

Monsieur, pour le moment...

LA FORÊT, l'interrompant.   [vais.
                    Ch'entends bien! je m'en
Matame achetera quelque autre jour, j'espère.

SCÈNE IV

ALCIDOR, ANGÉLIQUE, LISETTE.

ALCIDOR.

J'ai fait un choix digne de vous,
Ma sœur; et notre nouvel hôte,
Pour qui vous concevrez l'estime la plus haute;
Qui me sauva la vie, en accourant à nous
Dans ce combat engagé par ma faute,
Je veux me l'attacher par les nœuds les plus doux:
J'en voudrais faire votre époux.
Pontignan...

ANGÉLIQUE, dans la dernière surprise.

Pontignan? Que dites-vous, mon frère?
Quoi! Pontignan, l'amant de Léonor?

ALCIDOR.

Lui-même, Pontignan. Je le répète encor:
Jusqu'ici de son nom il m'avait fait mystère;
Une affaire d'honneur long-temps le lui fit taire;
C'est sous celui de des Climours
Que commença notre amitié sincère,
Cette amitié qui durera toujours.
Je ne sais quel amour l'engage;
Mais il veut que je le dégage
De Léonor et de son mariage.
Cela serait bientôt conclu
(Et ce n'est pas un difficile ouvrage);
Sur cet hymen Oronte irrésolu
Se repentait déjà, je gage,
Au lieu de Saint-Alban qu'il connaît davantage,
D'avoir pris un gendre inconnu.

ANGÉLIQUE.

Mais si d'un autre amour cet homme est prévenu,
Puis-je, moi?...

ALCIDOR, l'interrompant.

Cet amour n'aura point de tenue;
C'est un amour qui n'a point de raison;
Figurez-vous qu'une femme inconnue
Le voit, sans vouloir être vue;
Surprend des rendez-vous, le suit, et sans façon,
Aux promenades, dans la rue;
Il ne connaît pas sa maison;
Vous jugez ce que c'est que cette liaison?
Je n'en dirai pas davantage.
Mais vous, que pensez-vous d'une dame si sage,
Si réservée? Eh bien! répondez-donc, ma sœur,
C'est un cerveau blessé, tout au moins.

ANGÉLIQUE, troublée.

J'en ai peur.

ALCIDOR, continuant.

Une espèce...

ANGÉLIQUE, balbutiant.
Eh! mais, oui... si vous voulez.
ALCIDOR, l'interrompant.
Je gage

Que reconnaissant son erreur,
De sa folle aujourd'hui Pontignan se dégage;
Et qu'il vient vous offrir son cœur.
ANGÉLIQUE, se rassurant.
La chose me paraît bien vue,
Oui, de tout cela je conviens;
Je veux croire que les liens
Qui l'attachent à l'inconnue
Sont faciles à rompre, et qu'il est cent moyens
De l'éclairer sur sa bévue...
Mais différez notre entrevue;
Je ne veux point le voir, ni qu'il me voie aussi,
Qu'après cette intrigue rompue.
Et ne lui dites pas que je demeure ici.
ALCIDOR.
Très-volontiers, je tope à tout ceci.
CASCARET, s'arrêtant.
Monsieur, un officier qui descend dans la rue,
Avec tout son bagage, autant que j'ai pu voir,
Vous veut...
ALCIDOR, l'interrompant.
C'est Pontignan! Je cours le recevoir.

SCÈNE V
ANGÉLIQUE, LISETTE.

ANGÉLIQUE.
Ceci finit mon rôle d'inconnue.
Mon frère pour époux vient m'offrir mon amant;
Je n'ai qu'à dire un mot, l'affaire est terminée;
Mais je me fais un doux amusement
D'agacer Pontignan, de faire son tourment
Le reste au moins de la journée.
LISETTE.
Bénissez votre destinée,

L'amour ne vous est pas favorable à demi !
A ce bonheur deviez-vous vous attendre ?
De votre amant votre frère est l'ami ;
On le loge chez vous ; il y vient de descendre ;
Quand vous voudrez l'entretenir,
Le rendez-vous sera facile à prendre.

ANGÉLIQUE.

Sans qu'il sache chez qui je le ferai venir,
Dans mon appartement je puis le faire rendre,
Par un billet.... qu'on lui fera tenir.

LISETTE.

Ces ais qu'on peut tourner, nous en ferons usage
Pour qu'il reçoive le billet.
Dans sa chambre ces ais nous ouvrent un passage...
C'est par là que l'esprit follet
Viendra lutiner le valet.
J'entends monter quelqu'un. Vite, plions bagage.

(Elles se retirent.)

SCÈNE VI

SCAPIN, LARAMÉE, chargés de valises.

SCAPIN,

Je puis donc mettre tout ici ?

LARAMÉE, l'aidant à mettre à terre sa valise.

Oui. Que je t'aide.

SCAPIN.

Grand merci.
Tu m'as fait monter un peu vite ;
Cela fait que je souffle aussi.
Mon cher ami, c'est donc là notre gîte !
Nous y serons bien,... et voici,

(S'étendant dans un fauteuil.)

Pour dormir à son aise, un fauteuil que j'admire.
Comme j'y ronflerais !

LA RAMÉE, lui montrant l'appartement.

Tout est ici bien coi
Et bien fermé. S'il veut écrire,

Ton maître trouvera de quoi.
De l'encre, du papier, des plumes, de la cire;
Tout est sur cette table; voi.

SCAPIN, d'un ton de badinage.
Fort bien! Mais, mon cher, cette table
N'est pas pour mon usage, à moi.
Celle d'un office abordable
Me semblerait très-préférable.
J'ai faim, mais surtout soif.

LA RAMÉE.
Réponse en peu de mots.
Tu boiras, mangeras...

SCAPIN, l'interrompant.
Tu réponds en héros.

LA RAMÉE.
Prends la clef de ta chambre, et suis-nous à l'office;
Ici, tout est à ton service.

SCAPIN, l'embrassant.
Que je t'embrasse, et te bénisse!
(Regardant de tous côtés.)
Dans cet appartement tout me semble assez clos.

LA RAMÉE.
Quand tu l'auras fermé, tu peux être en repos.
(Ils se retirent.)

SCÈNE VII

ANGÉLIQUE et LISETTE, entrant par la cloison.

LISETTE.
Sur son pivot encor notre machine porte,
Et tourne bien d'un et d'autre côté:
Les ais encor sont joints de telle sorte,
Que l'on ne peut, en vérité,
S'apercevoir de cette fausse porte!

ANGÉLIQUE.
Mais sommes-nous en sûreté?
Si l'on venait...

LISETTE, l'interrompant.
Eh! qui?... Vous êtes admirable!

Ne va-t-on pas se mettre à table?

ANGÉLIQUE.

D'accord. Ils vont dîner : et je n'y pensais pas.
Saisissons donc ce moment favorable
Pour écrire deux mots.

LISETTE.

L'écritoire est là-bas.

ANGÉLIQUE.

Pour le tenir dans le même embarras,
Je vais prier Pontignan de promettre
De me garder le plus profond secret.

LISETTE.

Oh! quand il ne sait rien, un amant est discret.
Et celui-ci...

ANGÉLIQUE, l'interrompant.

Mais il peut me commettre
Vis-à-vis de mon frère?

LISETTE.

Oui, cela se pourrait.

ANGÉLIQUE.

Mais, lorsque j'aurai fait ma lettre,
Comme il faut qu'il la trouve, où pourrais-je la mettre?
Je ne puis point la laisser là ;
Mon frère ici l'amènera :
Si sur cette table elle est mise,
En venant avec lui, mon frère la lira.

LISETTE.

Quoi donc! j'ouvrirai sa valise ;
En la mettant dessus ce qui s'y trouvera,
Ne pliant pas la lettre, il faudra qu'il la lise.
Figurez-vous, d'ailleurs, l'excès de sa surprise,
Lorsque c'est là qu'il la verra.
Il doit vous supposer quelque pouvoir magique,
Ou je le tiens un esprit fort.

ANGÉLIQUE, avec gaieté, et légèreté.

Il sera confondu, d'accord.
Le tour qu'on lui joue est unique,
Il sera bien fin s'il l'explique.

(Elle va vers la table pour écrire.)

LISETTE, *allant à la valise de Pontignan.*

Écrivez donc ce billet curieux,
Tandis que j'ouvre... On va vous préparer les lieux

ANGÉLIQUE, *écrivant.*

Je commence.

LISETTE, *ouvrant la valise.*

Employez un style énigmatique.
Qu'il soit *magico-captieux*,
Un peu cabalistique, un peu diabolique.

(Tirant de la valise un habit brodé en or, qu'elle étale sur une chaise.)

Ah ! madame, le beau surtout !
Qu'il est riche ! Avouons qu'on brode bien en France :
Regardez donc.

ANGÉLIQUE.

Il est d'un goût
Que j'aime mieux encore que la magnificence.

LISETTE.

Oh ! moi, c'est l'or que j'estime surtout.

(Tirant un grand étui où plusieurs tabatières sont rangées.)

Que de boîtes ! qu'elles sont belles !
Et les formes les plus nouvelles.
Il prend du tabac richement.
C'est un seigneur que votre amant.
Voilà les plus fines dentelles.
Je n'en ai jamais vu de telles.

(Tout en allant à la valise de Scapin.)

C'est là le beau. Voyons le laid ;
Ou tout au plus les bagatelles
De la valise du valet.

(L'ouvrant, et se bouchant le nez.)

Ah ! juste ciel ! quel camouflet !
Pouah ! quelle odeur s'en exhale !

(Elle tire à mesure toutes les choses qu'elle nomme.)

Quelle perruque !... Un flageolet !
Un livre !... l'opéra d'Omphale.
Mais que tout est malpropre et sale !
Une bourse de cuir !... Ah ! c'est là son trésor.

(Elle vide la bourse, et compte l'argent.)

Voyons à quoi cela se monte ;

Comment, peste ! vingt louis d'or !
Pour qu'il n'y trouve aucun mécompte,
Emportons tout ; et par là je finis.
Il en aura l'inquiétude entière ;
Remplissons sa bourse d'anis,
J'en ai dans une tabatière...
Mais, pour qu'il ait vite matière
De croire qu'en sa malle ici l'on a fouillé,
Mettons dehors sa cafetière,
Et cette étrille-ci dont le fer est rouillé !

(Elle met la cafetière à côté de sa valise, et l'étrille dessus.)

ANGÉLIQUE, apportant sa lettre à Lisette.

Tiens, vois... Mon caractère est-il assez brouillé ?
Reconnais-tu mon écriture ?

LISETTE, tenant la lettre.

Non, votre frère, je vous jure,
S'il la lui fesait voir, n'y reconnaîtrait rien.
De grandes lettres ! Elle est bien ;
Pontignan peut de loin en faire la lecture.

(Elle met la lettre dans la valise qu'elle ferme aussitôt.)

ANGÉLIQUE.

Mais ne ferme donc pas.

LISETTE.

Pourquoi ?

ANGÉLIQUE.

Ce justaucorps,
Serre-le donc dans la valise.

LISETTE.

Non pas. Pour causer leur surprise,
Je le laisse à dessein dehors.
J'entends quelqu'un monter. N'ayons pas la sottise
De nous laisser surprendre.

ANGÉLIQUE.

Oui, sortons, viens.

LISETTE.

Je sors.

(Elles rentrent toutes deux par la fausse porte de la cloison.)

SCÈNE VIII

ALCIDOR, PONTIGNAN, SCAPIN.

ALCIDOR.

Si cet appartement ne vous est pas commode,
    Vous le direz, et vous prendrez le mien.

PONTIGNAN.

    Vous vous moquez. Je m'y trouverai bien.

ALCIDOR.

Qu'en liberté chacun ici vive à sa mode ;
    Je ne veux vous gêner en rien.
Nous dînons tard, c'est ici la méthode ;
L'on vous avertira: je vous laisse.

                            (Il sort.)

SCÈNE IX

PONTIGNAN, SCAPIN.

SCAPIN.

                        Ah ! combien
J'aime notre hôte ! Ici, monsieur, notre bon ange
Nous a conduits. J'y reste autant que l'on voudra ;
Car, autant que l'on veut, l'on y boit, l'on y mange,
    Et l'on y rit...

PONTIGNAN, l'interrompant.

            Pendant qu'on dînera,
Tu m'iras recevoir cette lettre de change.

                    (Il la lui donne.)

Pourquoi mon justaucorps n'est-il pas enfermé ?

SCAPIN, sans regarder.

    Il l'est.

PONTIGNAN.

        Vois donc.

SCAPIN.

            C'en est un autre ;
    Et je consens d'être assommé
Si dans votre valise on ne trouve le vôtre.
J'en ai la clef.

PONTIGNAN.

Comment ! ce n'est pas là le nôtre ?
La même broderie ; et le même velours.

(Il tire des lettres de la poche de son habit.)

Ces leitres-ci ?... Cherche encor des détours.

SCAPIN.

Je ne l'ai pas tiré de la valise ;
Ce n'est pas moi.

PONTIGNAN.

Menteur !

SCAPIN.

Je le soutiens toujours ;
Et je vous parle avec franchise...

(Il jette un coup d'œil sur sa valise.)

Que vois-je ?... mon étrille !... Ah ! qui peut l'avoir
Ciel !... n'est-ce point ce lutin enragé ?...   [mise ?]
Chez moi s'il avait fourragé ?...
Eh ! vite, ouvrons. S'il avait pris ma bourse ?...

(Il ouvre sa valise.)

Ah ! je suis un peu soulagé...
Je l'aperçois. S il m'eût ôté cette ressource,
J'eusse été me pendre.

PONTIGNAN.

Maraud !

SCAPIN.

J'en ai bien eu la peur... Je vous l'accorde,
Et franchement j'ai craint qu'elle n'eût fait le saut :   —
Mais je la tiens... Miséricorde !

PONTIGNAN.

Qu'as-tu ?

SCAPIN, criant.

J'avais tort. Il me faut
A l'instant même, il me faut une corde...

PONTIGNAN.

Explique-toi.

SCAPIN.

Mes vingt louis...

PONTIGNAN.

Eh bien ?

SCAPIN.

Ils sont allés au diable!

PONTIGNAN.

Comment?

SCAPIN.

Ils sont évanouis !

L'enfer...

PONTIGNAN.

Cela n'est pas croyable.

SCAPIN, pleurant, et jetant les anis dont sa bourse est remplie

L'esprit follet fait un troc... amiable...

De mon or contre des anis !

PONTIGNAN.

Allons, cela n'est pas possible.

Quelque autre part tu les a mis.

SCAPIN, pleurant toujours.

Non, c'est votre dame invisible,

Ou sa suivante ici qui les a pris.

PONTIGNAN, d'un ton d'impatience.

Oh ! je te les rendrai ; finis.

SCAPIN.

Vous ne la croyez pas sorcière ;

Moi je suis sûr qu'en ce moment

Elle est ici, nous voit, qu'elle en est toute fière,

Ou qu'elle rit de faire mon tourment.

Avoir changé mon or en friande matière

C'est un secret... qu'on n'apprend qu'au sabbat !

PONTIGNAN.

Oh ! tais-toi. C'est être trop plat,

Trop imbécile aussi...

SCAPIN, l'interrompant.

Vous êtes hérétique.

Comment ! il ne m'est pas permis

De croire à votre dame une vertu magique ?

Cependant il est clair, et je crois sans réplique,

Que le grand diable auquel son esprit s'est soumis,

S'il n'est de ses parents, est bien de ses amis.

PONTIGNAN, avec impatience.

Ménage-moi. Fais trêve à tes bêtises.

Serre cet habit promptement.

SCAPIN, d'un air d'humeur.

Serrons, quoique ce soit bien inutilement.

PONTIGNAN.

Pourquoi !

SCAPIN, en allant ouvrir la valise de son maître.

C'est que l'esprit fera d'autres sottises ;
Et que l'habit, de moment en moment,
Va passer successivement,
Dans ce seul jour peut-être, en plus de vingt valises.

(En ouvrant, il aperçoit la lettre d'Angélique ; il s'écrie.)

Ciel !... je ne reviens point de mon étonnement.

(Il donne la lettre à Pontignan.)

Quelle écriture ! quel grimoire !
Voyez : je méritais les petites maisons
Quand mon or... A présent, force vous est... de croire
A la magie... Auriez-vous des raisons
Sur cette lettre ?

PONTIGNAN, l'interrompant.

Elle est d'une femme, lisons.

(Il lit très-vite.)

« Comme il n'est rien de fermé pour moi, ne soyez
« point surpris si vous trouvez cette lettre en cet en—
« droit où elle ne peut être vue que de vous. Je suis
« contente de la prière que vous avez faite au galant
« homme chez qui vous logez de se charger de rompre
« l'engagement que vous avez avec Léonor. Cette preu—
« ve de votre amour pour moi me décide à satisfaire
« le désir que vous avez de me voir, et mon cœur par—
« tage le plaisir que le vôtre se flatte d'y trouver. Ce
« sera dès ce soir si, par votre réponse que vous lais—
« serez auprès de votre écritoire, vous me promettez
« le plus profond secret sur le rendez-vous que mon
« amour veut vous donner. Si vous parlez, mon art
« m'instruira sur-le-champ de votre indiscrétion, et
« vous me perdriez pour toujours : et je veux bien que
« vous vous doutiez que j'en serais désolée ; mais, je
« le répète, vous me perdriez. Je ne vous verrais
« plus. »

SCAPIN.

Eh bien ! qu'en pensez-vous ?

PONTIGNAN.

Ce qu'il faut que j'en pense.
Fausses portes et fausses clefs
Sont tout son art magique et toute sa science.

SCAPIN, avec volubilité.

Quoi ! vos sens ne sont pas troublés
Par sa magique diligence ?
Il faut qu'elle ait en l'air mille démons ailés ;
Oui, mille courriers endiablés
Qui lui donnent la connaissance
D'un projet aussitôt qu'il est imaginé.
Comment a-t-elle deviné
Ce logement qui vient de nous être donné,
Dans l'instant même où nous changeons de gite,
Et que l'autre est abandonné ?
Pouvions-nous en changer plus vite ?...
Haussez les épaules ! J'ai tort !
Moquez-vous ! faites l'esprit fort !
Riez, riez !

PONTIGNAN.

Je vais faire réponse.

SCAPIN.

Au diable ?

PONTIGNAN se met à écrire.

Au diable, soit.

SCAPIN.

Et sans rien craindre ?

PONTIGNAN.

Bon

SCAPIN.

Vous ne croyez donc pas qu'il y ait des sorciers ?

PONTIGNAN.

Non.

SCAPIN.

Mais cependant à vos yeux tout l'annonce.
L'on a là-dessus des faits sûrs.
A l'armée on a vu des soldats qui sont durs,

Qui ne peuvent jamais recevoir de blessures,
. Et pas même de meurtrissures.

PONTIGNAN, ayant achevé d'écrire et se levant.

Tais-toi, tu n'as pas de bon sens.

SCAPIN.

Niez les choses les plus sûres !

CASCARET, venant et s'en allant tout de suite.

Monsieur, l'on a servi.

PONTIGNAN.

Mon ami, je descends.

(A Scapin.)

Et toi, prends si bien tes mesures,
En te cachant quelque part, là,
Que tu puisses saisir le courrier qui viendra
Pour prendre ma réponse.

SCAPIN.

Ah! monsieur.

PONTIGNAN.

Reste là.

SCAPIN.

Je n'y resterai pas, ou le diable m'emporte.
Je mourrais de frayeur... Il me faut une escorte,
Deux ou trois hommes... sans cela,
A quoi vous servirai-je?... Il vaut mieux que je sorte.

(Il sort et passe avant son maître.)

ACTE TROISIÈME

SCÈNE I

ANGÉLIQUE, LÉONOR.

ANGÉLIQUE, embrassant Léonor, et du ton de l'amitié.

Oh! je veux vous gronder!... j'aurais donné de l'or
Pour vous avoir plus tôt! je languis... je demeure...

LÉONOR, l'interrompant.

Il n'est pas tard : sans Alcidor...

ANGÉLIQUE, l'interrompant aussi.

Il n'est pas tard : l'excuse en est-elle meilleure
Pour une amie ? Ah ! Léonor !
Même en arrivant de bonne heure
Vous arrivez trop tard encor.

LÉONOR, lui serrant la main avec amitié.

Grondez toujours ainsi, ma chère,
Cette tendre querelle est faite pour me plaire ;
Mais, belle Angélique, un moment !
Jugez pourtant de mon empressement.
Au logis j'ai laissé mon père et votre frère
Qui commençaient ouvertement
A parler de ma propre affaire,
Dont j'augure très-bien par ce commencement ;...
Et j'accours, sans savoir quel est l'événement.

(En riant.)

Et vous grondez ? la chose est un peu forte !

ANGÉLIQUE, en riant aussi.

Je m'apaise, laissons ceci.
Vous avez vu mon frère,... en sorte
Que vous n'ignorez rien de ce qui nous importe ;
Et vous savez comment Pontignan loge ici ;
Mais vous ne savez pas que de ce salon-ci
Je puis entrer chez lui par une fausse-porte,
Et que j'avais la clé de sa valise aussi.

LÉONOR.

Je l'ignorais. Eh bien ?

ANGÉLIQUE.

J'ai fait un mot de lettre :
Et, nous servant de ces deux moyens-là,
Dans sa malle on a su la mettre ;
L'on a bien refermé la malle après cela :
Et j'en reçois, sans me commettre,

(En tirant la lettre.)

Cette réponse que voilà !

LÉONOR, avec gaîté.

Il a dû tomber en syncope

En trouvant là ta lettre? Oh! mais, tu me liras
La sienne! Voyons donc comment il développe
   Ou déguise son embarras.

ANGÉLIQUE, lui donnant la lettre de Pontignan.

   Tiens, lis toi-même, tu verras.

LÉONOR, lisant.

« Quoique la façon dont vous m'avez fait parvenir
« votre lettre me fasse penser de vous, madame, les
« choses du monde les plus extraordinaires, rien ne
« peut cependant m'empêcher de me trouver au ren-
« dez-vous que vous me promettez, et après lequel
« vous me faites soupirer depuis si longtemps. Tout
« en vous tient du merveilleux, du prodige! Votre âme
« et votre esprit, que j'adore, en sont un mille fois
« plus fort que tous les prestiges dont vous cherchez
« à m'éblouir.

« La passion violente que vous m'avez inspirée me
« donne dès à présent la conviction que je vous trou-
« verai plus belle encore que je ne me le suis imagi-
« né; quoique l'imagination la plus ardente ne puisse
« aller au delà de ce que je me figure. Toutes mes ex-
« pressions me paraissent faibles quand je veux vous
« peindre l'excès de mon amour! Je vous engage ma
« parole d'honneur sur le secret que vous demandez;
« et je vous demande, moi, à genoux, que le rendez-
« vous que vous me faites espérer soit pour ce soir
« même. Je meurs, si vous le différez! »

(Lui rendant la lettre.)

   Il montre dans cette réponse
Autant d'amour pour toi que l'on en puisse avoir.
Et ton amour pour lui de lui-même s'annonce;
Le rendez-vous promis fait assez concevoir
   Qu'en sa faveur ton cœur prononce.
Il va donc te connaître; enfin il va te voir.
   Mais où? mais quand?

ANGÉLIQUE, souriant.

   Oh! chez moi, dès ce soir.

SCÈNE II

ANGÉLIQUE, LÉONOR, LISETTE

LISETTE, accourant gaîment.

Madame, c'est une merveille!
L'on vient d'apporter la corbeille,
Garnie en galons d'or à jour,
En beaux rubans, en nompareille.
J'ai déjà mis dedans, pour vous faire ma cour,
La veste brodée au tambour
Qu'à Pontignan vous avez destinée!

ANGÉLIQUE, à Lisette.

Bon.

(A Léonor.)

A la fin de la journée
Ma tante donne un petit bal;
Par moi vous y serez menée.
Mon frère, ignorant tout, pense qu'il n'est pas mal
Que, masquée avec vous, par hasard j'y rencontre
Son très-cher ami Pontignan,
Qu'il y mène avec Saint-Alban.
Il prétend qu'à ses yeux si ma beauté se montre,
Elle fera finir cet amour de roman
Dont Pontignan s'est pris pour sa dame invisible,
Car il ne sait pas que c'est moi.
Par ce moyen, il croit possible
De le déterminer à recevoir ma foi.

LÉONOR, vivement.

Saint-Alban y doit être? Oh! j'y vais avec toi.

SCÈNE III

ALCIDOR, ANGÉLIQUE, LÉONOR, LISETTE.

ALCIDOR, à Léonor.

Madame, la rupture est faite,
Vous épouserez Saint-Alban:
Votre père y consent.

LÉONOR, vivement.

Mon âme est satisfaite:

Eh! quels remercîments!...

ALCIDOR, l'interrompant.

De rien.

(A Angélique.)

Mais notre plan
N'est pas encor rempli. Maintenant je souhaite
A mes désirs d'amener Pontignan ;
Je me flatte qu'au bal, quand il vous aura vue,
Et lorsque j'aurai démasqué
Son aventurière inconnue,
La honte de s'être embarqué
Avec cette friponne...

(Il tousse pour donner le temps à Léonor de parler bas à Angélique.)

LÉONOR, bas à Angélique, et souriant.

Eh bien ! sans être émue
Vous tenez à ces propos-là?

ALCIDOR, continuant après avoir toussé.

Le forçant à rougir enfin de tout cela,
Votre affaire avec lui sera bientôt conclue.

ANGÉLIQUE.

Soit. Mais, je vous l'ai dit, et je m'en tiendrai là,
Voyons auparavant son intrigue rompue.

ALCIDOR, à Léonor.

En voyant Pontignan de près,
A ce bal où ma sœur vous mène,
Vous examinerez ses traits,
Sa taille, son air noble ; et jugerez après
Si j'ai tort de vouloir qu'à ma sœur il convienne.

(D'un ton de badinage.)

Moi... j'ai peur que pour lui votre cœur ne se prenne;
Et que le pauvre Saint-Alban...
Mais quelqu'un vient!... si c'était Pontignan..?
Mesdames, croyez-moi, sortez... c'est lui peut-être?

SCÈNE IV

ALCIDOR, SCAPIN.

ALCIDOR.

C'est toi, Scapin? que fait ton maître?

SCAPIN.
Monsieur, il rentre en ce moment;
Vous l'allez bientôt voir paraître.

ALCIDOR.
Eh! dis-moi, revient-il d'un rendez-vous charmant
Surpris par sa dame voilée?

SCAPIN, d'un air d'embarras.
Monsieur...

ALCIDOR, l'interrompant.
Non, son déplacement
Déroute cette écervelée,
Qui ne sait pas encor son nouveau logement.

SCAPIN, d'un air vif et troublé.
Vous croyez cela bonnement?
Elle sait tout: elle est sorcière!
Tout! le passé, le présent, le futur.
Et si j'osais parler...

ALCIDOR, l'interrompant.
Oh! donne-toi carrière;
Parle sans crainte; et tu peux être sûr...

SCAPIN, l'interrompant.
Malepeste! non pas... Je crains cette ouvrière.
Peut-être en ce moment perce-t-elle ce mur...

ALCIDOR, l'interrompant en riant.
Ce mur?... Scapin se persuade...

SCAPIN, l'interrompant aussi.
Oui, cet être invisible, avec son *Crauft mirdu*,
Et là peut-être en embuscade;
M'a déjà peut-être entendu...
Et si je vous disais ce qui m'est défendu:
Dès cette nuit j'aurais l'aubade!
Patatras! je serais perdu.

ALCIDOR, avec un rire moqueur.
Comment! par la tête il te passe...

SCAPIN, l'interrompant encore.
Nos malles... les ouvrir... prouvent ce que je dis.
Dans ma bourse j'avais des louis que j'amasse
Avec des tourments infinis;
L'esprit les prend. Me fait la grâce

De me laisser la bourse... et de mettre à la place....
De mes louis d'or qu'il a pris,·
Comme un diable moqueur, du sucre, des anis.

SCÈNE V

ALCIDOR, PONTIGNAN, SCAPIN.

PONTIGNAN.

(A Alcidor.)
Scapin! Vous permettez?...

ALCIDOR, l'interrompant.
Liberté tout entière!

PONTIGNAN.
Va m'attendre là-haut avec de la lumière!

SCAPIN, tremblant.
Ah! monsieur!

PONTIGNAN.
Ne raisonne pas!

SCAPIN, mourant de frayeur.
L'esprit... Pour grâce singulière...

PONTIGNAN, le rassurant.
Va! Ne crains rien; je suis tes pas!

SCAPIN, en s'en allant.
Oh! voilà mon heure dernière!
Et vous ordonnez mon trépas!

SCÈNE VI

ALCIDOR, PONTIGNAN.

PONTIGNAN.
Vous a-t-on rendu ma parole?

ALCIDOR.
On l'a rendue. Oui, mon cher Pontignan.
Oronte n'est pas un tyran:
Il vous perd à regret; mais ce qui le console,
C'est le goût que sa fille a pris pour Saint-Alban;
Il en fera son gendre. Et vous, de cette folle,
De cette invisible beauté

Qui vous aime et qui vous désole,
Etes-vous toujours entêté?

PONTIGNAN, très-impétueusement.

J'en suis fou! j'en suis enchanté!
Nommez cet amour un délire
Une ivresse... je le veux bien;
Mais sur mon cœur elle a pris un empire
Que rien ne peut affaiblir ni détruire.
Rien au monde, mais je dis rien.
Ce n'est pas seulement sa raison que j'admire,
C'est qu'il n'est point d'esprit comme le sien,
De cœur plus tendre, une âme plus honnête,
Jugez-en, puisque sans la voir,
Son cœur lui seul fit du mien la conquête.
Ce n'est point sa beauté qui m'enchaîne et m'arrête,
C'est un plus solide pouvoir.

ALCIDOR.

Mais si dans le bal de ce soir,
Moi, je vous fais trouver un objet qui rassemble
Toutes ces qualités ensemble;
En qui d'ailleurs vous verrez mille appas?...
Ce qu'on voit touche plus que ce qu'on ne voit pas,
Alors, mon très-cher, il me semble...

PONTIGNAN, l'interrompant impétueusement

Non, c'est chose impossible, et rien ne lui ressemble.

CASCARET, survenant et parlant bas à Alcidor.

Monsieur...

PONTIGNAN.

On vous demande. Adieu.

(Il sort.)

ALCIDOR, à Pontignan qui sort.

Dans un moment
J'irai vous retrouver dans votre appartement.

(Il se retire aussi et Cascaret le suit.)

SCÈNE VII

LISETTE seule, entrant par la cloison et tenant une corbeille.

Du présent qu'en secret fait là notre maîtresse

Débarrassons-nous promptement:
Plaçons-le en quelque endroit où cet objet paraisse
Et frappe tout d'un coup les yeux de son amant.
            Sur sa table, si je la laisse,
La corbeille y serait assez visiblement.
    (Cherchant la table.)
            C'est là que la table doit être...
            Au fond de cet appartement...
            A main droite de la fenêtre...
            Mais je la cherche vainement;
        Ah! si j'allais me perdre sottement
        Sur cette boiserie une main étendue
                    (Au désespoir.)
            Peut me guider,... mais non vraiment...
            Malheureuse! Je suis perdue!
            Pour sortir je n'ai plus d'issue.
            Mais tâchons de la retrouver.
            Hélas! ma peine est superflue!...
L'on vient ici. Par où pourrai-je me sauver?

SCÈNE VIII

LISETTE, SCAPIN.

SCAPIN, tenant un flambeau et tremblant.
Esprit dont l'invisible et magique puissance
        Pénètre tout, la pensée et les lieux;
            Les lieux où je mets ma finance
            Et ce que j'ai de plus précieux,
        Et si tu veux voler, vole plutôt mon maître
            Tu t'en trouveras beaucoup mieux.
            Mais surtout à mes faibles yeux,
            Esprit, garde-toi d'apparaître
            Je ne suis point né curieux.
Ma peur irait au point que j'en mourrais peut-être.
    LISETTE, à part, à l'autre côté du théâtre.
Sa lumière, en ces lieux, me fait me reconnaître;
            Je vois par où je puis rentrer;
            Mais il faut souffler sa bougie
        (Elle éteint la bougie de Scapin.)

Afin de le désespérer.
Ah! ah! c'est toi, coquin, qui viens de m'implorer?
(Elle le saisit au collet.)

SCAPIN, tombant à genoux de frayeur.

Ciel! où faut-il que je me réfugie?
Mon cher démon, pourquoi t'en prendre à moi?
A mon maître, plutôt inspire quelque effroi.
Il ne croit point à la magie;
Et c'est un esprit fort qui n'a ni foi ni loi.
(Elle le tourmente.)
A l'aide! à l'aide!

LISETTE.

Allons, tais-toi;
Je t'étranglerai si tu cries.

SCAPIN.

Pardon, je vais crier tout bas.
(Criant du gosier.)
Miséricorde!

LISETTE.

Encor de ces criailleries.
Si tu souffles, j'appelle ici mes trois furies
Qui te feront passer le pas.

SCAPIN, d'une voix très-basse.

Eh! non, non, je ne souffle pas.

LISETTE, le tourmentant.

Tu ne veux donc pas être sage?
A ton maître, toujours tu dis du mal de nous.

SCAPIN.

Je n'en dis pas.

LISETTE.

Tu mens.

SCAPIN.

Non, non.

LISETTE.

Sur ton visage,
(Elle lui passe la main sur le visage.)
Quelques coups de griffe.

SCAPIN, détournant sa main.

Ah! tout doux

Beau lutin, modère ta rage.

LISETTE.

Au contraire, il faut par mes coups
Que tu fasses le grand voyage:
Cela finira mon courroux.

SCAPIN, dans la dernière frayeur.

Eh! je me tiens pour mort, que veux-tu davantage?

SCÈNE IX

PONTIGNAN, LISETTE, SCAPIN.

PONTIGNAN.

Eh Scapin!

SCAPIN.

Qui m'appelle?

PONTIGNAN.

Eh! c'est moi.

LISETTE.

Sauvons-nou .

PONTIGNAN.

A qui parlais-tu là dans l'instant sans lumière?

SCAPIN.

A l'esprit qui s'est diverti.
A me vexer d'une rude manière.

PONTIGNAN.

Quoi tu l'as vu?

SCAPIN.

Je l'ai senti;
N'avancez pas; il est tout proche.

PONTIGNAN.

Moi, je crains qu'il ne soit sorti.

SCAPIN.

Prenez-y garde, et soyez averti
Que si sa griffe vous accroche...

PONTIGNAN, l'interrompant.

Oh! si vous êtes-là, parbleu. je vous aurai.
(Il cherche.)

Monsieur l'esprit ; je vous arrangerai.
(Rencontrant la corbeille et la saisissant.)
Scapin, c'est lui. Qui que tu sois, demeure.

LISETTE, à part et tirant à soi la corbeille.
C'est Pontignan ; jamais je ne m'en tirerai.

PONTIGNAN.
De la lumière tout à l'heure.
Va, cours ; je tiens le diable, et je l'étrillerai.

SCAPIN, en s'en allant.
Tenez bien tandis que j'irai...
(Il sort.)

PONTIGNAN.
Il sera bien fin s'il m'échappe.

LISETTE.
Laissons-lui ma corbeille et gagnons la cloison.
(Elle sort par la fausse porte.)

SCÈNE X

PONTIGNAN, cherchant partout.
L'on se sauve. Suivons. Oh ! si je vous rattrape
Mon cher petit démon, vous me rendrez raison
Des prétendus lutins qui sont dans la maison.
(Montrant la corbeille.)
Ce qu'on m'a laissé fait connaître
Que c'est quelque coquin. Cela ne se peut pas.
Mais, serait-ce une femme?... Oui, cela peut bien être
Il m'a même semblé, quand je suivais ses pas,
D'avoir bien entendu le bruit d'un taffetas.

SCÈNE XI

PONTIGNAN, SCAPIN, revenant avec de la lumière.

PONTIGNAN.
Eh ! viens donc ; ta lenteur me tue.
Viens voir.

SCAPIN, tremblant.
J'ai peur de regarder.

PONTIGNAN.

Éclaire ici.

SCAPIN, détournant les yeux.

Sa griffe est-elle bien crochue?

PONTIGNAN, d'un air d'impatience.

Éclaire donc, et viens m'aider.

SCAPIN, toujours sans regarder.

Et sa barbe de bouc est-elle bien touffue?

(Reculant de frayeur.)

Je crois la voir.

PONTIGNAN.

Maraud.

SCAPIN, à l'esprit, sans regarder.

Mon cher esprit follet,
Si mon maître punit vos tours de passe-passe;
Si dans l'instant il vous tient au collet;
Ah! ce n'est point ma faute; ainsi faites-moi grâce.
Mon maître est bien mon maître, et moi bien son valet.

PONTIGNAN, très-impatiemment.

De quelle patience il faut s'armer!

SCAPIN.

Courage,
Montrons-nous des plus résolus.
Voyons, puisqu'il faut voir. Je ne vois rien. J'enrage.
Quoi! vos efforts ont été superflus?
L'esprit que vous teniez, vous ne le tenez plus?

PONTIGNAN, lui montrant la corbeille.

Il m'a laissé ceci pour gage,
Et s'est caché. Cherchons de toutes parts.

SCAPIN.

Vous avez fait un bel ouvrage.
Ah! parbleu! nous n'avons qu'à nous tenir gaillards.
Il est allé chercher main forte.
Cette nuit, rassemblant ses démons égrillards,
Il va nous étriller d'une diable de sorte,
Pour se venger de nos écarts.

PONTIGNAN.

Va, va, crois-moi, l'esprit est peu de chose,
Puisque la peur l'a fait sauver.

Viens, visitons partout; cherchons. Va-t'en lever
Ce grand tapis.

SCAPIN, tremblant.

Monsieur, je n'ose.

PONTIGNAN.

Fais ce que je te dis, ou mon bras se dispose...
A t'assommer.

SCAPIN.

Pour quelle cause?
Que chercherais-je, moi? Je craindrais de trouver....

PONTIGNAN, lui donnant la corbeille.

Tiens ceci.

SCAPIN.

Moi, toucher à ce qui vient du diable?

PONTIGNAN, d'un air menaçant.

Tiens, te dis-je!

SCAPIN, d'un ton pleureur.

Eh! pourquoi vouloir que ce soit moi?
Que ne la mettez-vous vous-même sur la table?

PONTIGNAN, posant la corbeille sur la table.

L'imbécile!

SCAPIN.

A l'esprit vous n'ajoutez pas foi;
Vous n'avez pas senti sa griffe impitoyable?

PONTIGNAN, d'un air d'étonnement.

Il te l'a fait sentir à toi?

SCAPIN, lui montrant son cou.

Sans doute, en voici les empreintes.

PONTIGNAN.

Il t'a parlé?

SCAPIN.

Sans doute! il prétend que je nuis
A la dame lutine, et m'en a fait ses plaintes;
Dit que je la dessers autant que je le puis!

PONTIGNAN, d'un grand sang-froid.

Il a tort!

SCAPIN.

Très-grand tort. Sa plainte est misérable.
Mais, mon Dieu! qu'est-ce que je suis,

Pour vous empêcher, moi, de vous donner au diable?
Si c'est votre plaisir, en suis-je responsable?

PONTIGNAN, parcourant l'appartement.

J'écoute et je ne cherche pas!
Aucune porte ici ne donne :
Pas la moindre ouverture!... et j'étais sur ses pas!

SCAPIN.

Avez-vous vu partout?

PONTIGNAN.

Je ne trouve personne.
Tout augmente mon embarras.

SCAPIN, d'un ton très-affirmatif.

Oh! visitez du haut en bas,
Vous ne trouverez rien : cela n'est pas possible.
Un esprit, c'est de l'air; et l'air n'est point visible.
Enfin, sur les esprits vous voilà convaincu!

PONTIGNAN.

Eh! tais-toi donc j'ai trop vécu,
Pour croire à pareilles sottises!

SCAPIN, très vivement.

Comment! ces apparitions,
Le ravage de nos valises,
Cette lettre, les friandises
Que dans ma bourse l'on a mises;
Tous ces faits sont des visions?

PONTIGNAN, d'un air de mépris.

Oui, des pures illusions;
Ce sont des tours de gibecière.

SCAPIN, d'un air d'indignation.
(Lui montrant la corbeille.)

Quel impie! Eh! ceci, qu'est-ce, où l'avez-vous pris?

PONTIGNAN.

Quelqu'un, quand j'étais sans lumière,
Me l'apportait. Il s'est trouvé surpris.

SCAPIN.

Mais à moins que d'être sorcière,
Par où se serait-on enfui?
Par la fenêtre?

PONTIGNAN.

Par la porte.

SCAPIN.

(Avec un dépit outré.)

L'on ne croit plus rien aujourd'hui !

PONTIGNAN.

Non, des contes de cette sorte.

SCAPIN.

Et moi je veux que le diable m'emporte,
Si je n'ai pas vu vrai... vrai, comme je vous voi;
Et ce n'était pas mon effroi
Qui m'a fait voir que la maligne bête
En chat-huant volait autour de moi,
Avec des cornes sur la tête!...
Et c'est n'avoir ni foi ni loi
Que refuser de croire...

PONTIGNAN, l'interrompant en frappant du pied.

Encore un coup, tais-toi !

(Montrant la corbeille.)

Voyons ce que contient cette riche corbeille.

SCAPIN.

Bon! riche!... là-dessus peut-on se récrier?
Oh! je la crois sans peine une merveille!
Le diable est un maître ouvrier.

PONTIGNAN.

Que vois-je? une veste brodée!

SCAPIN.

C'est un ouvrage d'Asmodée!
C'est qu'il brode au tambour, dame...

PONTIGNAN.

Au fond, je crois voir

(Prenant la lettre avec transport.)

Un billet; bon !... La voilà décidée
A se montrer sans voile !.. et peut-être ce soir !...
C'est notre rendez-vous qu'elle me fait savoir.

(Il lit.)

« Votre lettre, qui peint votre passion avec des traits
« de feu, et que l'amour lui-même vous a dictée, exige
« d'un cœur tel que le mien le retour le plus tendre et

« le plus senti! Vous me verrez! (Il s'interrompt pour répéter:)
« Vous me verrez! Je sais que vous allez ce soir au
« bal : mettez sous un surtout la veste brodée que
« le *génie Uriel* vous remet de ma part avec ce billet.
« (Scapin répète:) le génie Uriel! Cette veste servira de
« marque à un homme masqué qui vous connaîtra en
« la voyant. Laissez-vous conduire où il vous mènera.
« Mais permettez auparavant qu'il vous ferme les yeux
« avec un mouchoir. L'on ira prendre votre réponse
« au même endroit où l'on a trouvé votre première.
« Si vous acceptez ces conditions, vous verrez une
« femme dont la tendresse égale au moins la vôtre!
« Adieu. »

SCAPIN, d'un air d'humeur.

Je ne répondrais point à tous ces logogriphes;
   Je n'irais point les yeux fermés.

PONTIGNAN.
                           Pourquoi?

SCAPIN.

   Pourquoi?... c'est que... d'abord, pour moi,
Les esprits ne sont pas des contes apocryphes.
Son génie Uriel!...

PONTIGNAN.
            Sois sûr que son envoi
Est fait par un valet qu'on gagne ici, je croi!

SCAPIN, montrant son cou égratigné.

    Mais un valet n'a point de griffes!...
Par vos armes, d'ailleurs vous êtes combattu,
    Quand vous faites l'apologie
D'une dame d'honneur et pleine de vertu
Qui donne un rendez-vous, la nuit...

PONTIGNAN, l'interrompant.
                      Te tairas-tu!

   Allume encore une bougie.
(Il se met à table pour écrire.)
Je vais répondre.

SCAPIN, allumant la bougie.
     Bon!

PONTIGNAN, écrivant.
Je réponds.

SCAPIN.
Répondez.
Mais sentez donc ce que vous hasardez!...
Primò: vous bravez la magie;
Vous vous laissez conduire après les yeux bandés;
Ma foi, c'est risquer votre vie!

PONTIGNAN, achevant sa lettre.
Je voudrais attraper l'esprit;
Scapin, seconde mon envie.
Pour apprendre le nom de celle qui m'écrit,
Mon cher Scapin, si ton cœur me chéri
Pour un instant sortons ensemble,
Et tu reviendras seul...

SCAPIN, l'interrompant.
Ah! tout le corps me tremble
Aux propositions que vous me faites-là!

PONTIGNAN.
Eh bien! fesons mieux que cela;
Tous les deux nous allons descendre
A grand bruit! toi, portant un flambeau devant moi;
Et sans lumière, après, nous reviendrons attendre
Le drôle chargé de l'emploi
De venir en ce lieu pour prendre
Ma réponse à son billet tendre.
Il nous croira sortis; mais, rentrant avec toi,
Facilement ici nous pourrons le surprendre.

SCAPIN, en tremblant.
Vous suis-je nécessaire, moi?
Si vous vouliez seul entreprendre!...
Il ne s'attaque pas à vous,
Et c'est à moi que l'esprit vient s'en prendre...
Monsieur, il me roûra de coups!

PONTIGNAN, d'un air assuré.
Mais à quel point, maraud, la frayeur te transporte!
Avec moi tu crains?

SCAPIN, d'un ton pleureur.
Non... Mais je suis son martyr:

Il m'a pris en guignon... il me l'a fait sentir
Plus d'une fois... et d'une étrange sorte !
Vous répondrez de moi si le diable m'emporte.

PONTIGNAN.

Viens, descendons, et feignons de sortir.

ACTE QUATRIÈME

SCÈNE I

ANGÉLIQUE, LÉONOR.

ANGÉLIQUE.

Oui mon frère l'exige... et je me vois réduite
A me montrer sans masque, au bal, à Pontignan.
    Il imagine... (Et c'est là son roman)
Qu'en me voyant, son cœur se prendra tout de suite.
    Il faut céder à sa poursuite ;
Je n'ôterai mon masque qu'un moment ;
Et dans le rendez-vous que je ménage ensuite,
    Pour voir en secret cet amant,
    Je serai par lui-même instruite ;
Et je saurai sur moi quel est son jugement.
    (D'un air d'inquiétude, et en soupirant.)
    S'il m'annonçait un fâcheux dénoûment,
    Je lui resterais inconnue.

LÉONOR, d'un air léger.

Quelle folie ! Eh quoi ! tu doutes que ta vue,
Que ta beauté n'augmente encor son ardeur ?
    Eh ! moi, ce n'est pas là ma peur :
Je crains qu'en lui parlant tu ne sois reconnue.
Ta voix...

ANGÉLIQUE, l'interrompant.

    Je te réponds (eh ! j'en dois être crue)
De la lui déguiser beaucoup mieux que mon cœur.

LÉONOR, souriant malignement.
Je le croirais. Mais votre frère
Ne lui dira donc pas que vous êtes sa sœur?
ANGÉLIQUE.
Non. Il me doit traiter en étrangère.
LÉONOR, en riant.
Il ne sait pas ce que nous savons tous.
ANGÉLIQUE, d'un air d'inquiétude.
Mais moi, je ne sais point, n'ayant pas sa réponse,
Si Pontignan accepte ou non le rendez-vous?
LÉONOR, vivement.
Au désir de vous voir pensez-vous qu'il renonce?
Quel conte! il viendra sûrement.
ANGÉLIQUE.
Je voudrais le savoir: sa réponse doit être
Sur sa table à présent. Ce serait ce moment
Qu'il faudrait saisir lestement;
Car à l'instant j'ai vu le valet et le maître
Sortir de leur appartement.
LÉONOR.
Lisette peut...
ANGÉLIQUE, l'interrompant
Lisette est à l'hôtel de Flandre;
Elle a pris des porteurs; elle est chez La Forêt;
Afin qu'au quart-d'heure il soit prêt
A se masquer, et qu'il puisse se rendre
Vers le soir au bal pour y prendre
Pontignan; et c'est là que notre affaire en est.
LÉONOR, vivement.
Pour l'avancer en attendant Lisette,
Je sais une bonne recette:
Que n'entrons-nous par la cloison?
ANGÉLIQUE, très-vivement, avec volubilité.
C'est bien dit! allons tout à l'heure
Chercher par-là sa lettre... Eh! vous avez raison!...
Mais, comme il faut qu'au guet l'une de nous demeure,
Tandis que j'épîrai les gens de la maison,
Sur sa table prenez cette réponse.

LÉONOR.

Bon.

Cela vaut fait.

ANGÉLIQUE, d'un air d'amitié.

Mais vous êtes trop bonne.
Comment reconnaître vos soins ?

LÉONOR.

Mais vous êtes bien sûre, au moins,
Qu'en cet appartement il n'y viendra personne ?

ANGÉLIQUE.

Non.

LÉONOR.

Et vous vous tiendrez au passage ?

ANGÉLIQUE.

A deux pas.

LÉONOR.

Ce serait, voyez-vous, une faute bien lourde
De nous laisser surprendre.

ANGÉLIQUE.

Oh ! ce n'est pas le cas,
Ils sont sortis. D'ailleurs j'ai ma lanterne sourde ;
Et sa clarté ne nous trahira pas.

LÉONOR.

Fort bien. A sa lueur j'apercevrai sans peine
Ce billet de vous souhaité.

ANGÉLIQUE, avec vivacité.

Venez, venez que je vous mène ;
Je serai votre guide en cette obscurité.

(Elles sortent.)

SCÈNE II

PONTIGNAN, SCAPIN, arrivant sans lumière.

PONTIGNAN.

Nous n'avons, en rentrant été vus de personne.

SCAPIN, avec frayeur

Restons-nous sans lumière ici ?

PONTIGNAN.

Il le faut. As-tu peur ?

SCAPIN, jouant le brave.
Moi, peur? Non, Dieu merci.
De la tête aux pieds je frissonne,
Mais c'est de froid. Je suis saisi.

PONTIGNAN.
Ne parle pas.

SCAPIN, en tremblant.
Je suis transi.

PONTIGNAN.
Voyons si mon billet est encor sur la table:
Je l'y retrouve, le voici.

SCAPIN, tremblant et suivant son maitre.
Ah! monsieur, soyez charitable:
Ne vous éloignez pas; l'esprit est intraitable.

PONTIGNAN.
Scapin, on viendra le chercher.

SCAPIN.
Quoi?

PONTIGNAN.
Mon billet.

SCAPIN.
Eh bien?

PONTIGNAN.
Songeons à nous cacher.

SCAPIN, à part.
Si mon bonheur permet que je parvienne
Jusqu'à la porte, il me faut dénicher...
Oh! sans lumière ici se peut-il qu'on y tienne?
(En voulant gagner la porte, Scapin va heurter Pontignan.)
Au secours!

PONTIGNAN.
Eh! c'est moi.

SCAPIN.
Quoi! c'est vous?

PONTIGNAN.
L'idiot

SCAPIN.
Je vous ai cru le diable.

PONTIGNAN.

Oh! paix donc! prends la peine
De ne pas proférer un mot;
Si tu parles toujours, crois-tu que l'esprit vienne?

SCAPIN.

Tant mieux s'il ne vient pas.

PONTIGNAN.

Eh! comment, maître sot,
S'il ne vient pas, veux-tu que je le prenne?
Silence!

SCAPIN.

Je ne dirai rien.
Mais permettez..

(Scapin embrasse son maître par le milieu du corps.)

PONTIGNAN.

Que veux-tu faire?

SCAPIN.

Souffrez qu'à vous je me cramponne bien,
Et je vous promets de me taire.

SCÈNE III

ANGÉLIQUE, LÉONOR, PONTIGNAN, SCAPIN.

(Léonor, une lanterne sourde à la main, sort par la fausse porte, avec
Angélique qui n'avance pas.

ANGÉLIQUE.

La table est près du mur qu'ici vous côtoyez.

LÉONOR.

Je la trouverai.

ANGÉLIQUE, rentrant.

Soyez preste.

PONTIGNAN.

L'on se parle, entends-tu?

SCAPIN.

Ce sont des envoyés
De Lucifer. Hélas! j'entends de reste.
Deux lutins au lieu d'un! La peste!

Quatre griffes sur moi! Maintenant vous voyez
Comme il n'est point d'esprits. Du moins vous y croyez,
Après les avoir vus.

PONTIGNAN.

Chut!

SCAPIN, aux abois.

Je vais rendre l'âme.

PONTIGNAN, bas à Scapin.

(Léonor ouvre sa lanterne sourde.)

Scapin! vois, de la clarté, voi!

SCAPIN, mourant de frayeur.

De la clarté!... c'est une flamme
Qui nous vient de l'enfer.

PONTIGNAN.

Eh! mais, retourne toi,
Regarde donc, c'est une femme.

SCAPIN, bas à Pontignan.

Vous me faites mourir d'effroi!
Encore un diable femme! Allons, c'est fait de moi!
J'en dois juger par celui qui me vexe.
Rien n'est plus tourmentant qu'un esprit de ce sexe!

PONTIGNAN.

Mais cette femme est assez bien;
Vois donc.

SCAPIN, craignant de regarder.

Que voir? Un corps aérien,
Un vain fantôme qui vous frappe.
Soufflez dessus, et ce n'est rien.

PONTIGNAN.

De peur qu'elle ne nous échappe,

Pontignan place Scapin.

J'irai là-bas: toi, reste ici.

SCAPIN.

Ah! quel poste éloigné! Si sa griffe m'attrape,
Comment m'enfuir?

LÉONOR, prenant le billet sur la table.

Cherchons son billet; le voici.
Retournons rapporter ceci,
Et prenons le chemin par où je suis entrée.

PONTIGNAN, arrêtant Léonor.

A mon billet vous prenez intérêt,
Madame ?

LÉONOR, criant de surprise.

O ciel! j'étais guettée!

(Criant encore en rencontrant Scapin.)

Ah! de l'autre côté!...

SCAPIN, tombant à genoux, et lui parlant sans jamais la regarder.

Bon quartier, s'il vous plait;
La sentinelle est démontée.
Fille aimable du diable, ah! fuyez! je suis prêt
A favoriser, moi, votre fuite arrêtée!...
Qu'ailleurs votre griffe portée
Laisse ici Scapin comme il est.

PONTIGNAN, à Scapin.

(A Léonor.)

Tais-toi. Venons au fait, très-magique princesse,
Vous voyez que je suis un chevalier errant
Qui détruis le charme apparent

(Avec un ris malin).

De la magie... ou de l'adresse,
Qu'on oppose à l'amour le plus persévérant;
Mais au preux chevalier dont l'exploit vous surprend
Parlez vrai dans votre détresse:
Vous n'êtes point l'enchanteresse
A laquelle mon cœur se rend,
Quoique je trouve en vous son même air de noblesse,
Même beauté, même jeunesse.
Le son de voix est différent.

LÉONOR, troublée et balbutiant

Non, monsieur... je ne suis pas celle...
Dont votre cœur... est enchanté...
Elle est fort mon amie... Elle est beaucoup plus belle...
Rendez-moi donc... la liberté...
Et que j'aille...

PONTIGNAN, l'interrompant d'un ton badin.

Madame, en cette conjoncture
Vous avez vu dans tous nos grands romans,
Dont vous avez fait la lecture.

Qu'un digne chevalier, dont la vaillance sûre
   Anéantit tous les enchantements,
     Ne délivre jamais les gens
Qu'après leur avoir fait conter leur aventure.

SCAPIN, reprenant vivement.

   Monsieur, laissez aller l'esprit,
     Puisqu'il me fait miséricorde.
Pour vous-même, craignez de toucher cette corde.
    Hélas! monsieur, si l'on l'aigrit,
Il nous retirera la grâce qu'il accorde.

PONTIGNAN, à Scapin.

Cesse, et vois de quel air le diable ici m'aborde.
Si c'est un diable... au moins, c'est un diable contrit.

(A Léonor, et gaîment.)

   Madame, c'est de bonne guerre
     Que vous êtes ma prisonnière,
Et je ne vous rends point avant d'être éclairci
D'un mystère...

LÉONOR, l'interrompant.

    Ah! monsieur, vous allez le comprendre.

(A part.)

J'imagine un moyen de me tirer d'ici.

PONTIGNAN.

Ah! madame, parlez! D'abord, mon billet tendre...

LÉONOR, l'interrompant.

   Oh! n'en ayez aucun souci,
     Et je me charge de le rendre.

PONTIGNAN.

   Soit; poursuivez, daignez m'apprendre
     L'historique de tout ceci.

LÉONOR.

   Mais ici l'on peut nous entendre,
  Moi-même ici j'ai su vous y surprendre,
   Et vous verrez que vous auriez regret
Si quelque autre que vous savait notre secret.
Voyez donc là-dehors si personne n'écoute?

PONTIGNAN.

   Scapin va voir...

SCAPIN, l'interrompant.
Mais l'autre esprit follet
Est là dehors... je le redoute.
LÉONOR.
S'en reposer sur les soins d'un valet,
Ce serait me laisser du doute;
Allez vous-même...
SCAPIN, l'interrompant.
C'est bien dit,
Cet esprit a beaucoup de justesse d'esprit.
PONTIGNAN, à Léonor.
Allons, il faut vous satisfaire.
(A Scapin.)
Prends ceci.

SCAPIN.
La lanterne est bien entre vos mains.
PONTIGNAN.
Maraud! c'est donc moi qui t'éclaire!
(Léonor rentre par la fausse porte.)
Mais dis-moi, qu'est-ce que tu crains?
Ce n'est point un esprit.
SCAPIN.
Rien ne me réconforte.
L'on ne guérit point de la peur.
PONTIGNAN.
Poltron!

SCAPIN.
Tant mieux pour vous si vous avez du cœur.
PONTIGNAN.
Faut-il que ta frayeur l'emporte,
Quand tu vois par tes yeux...
SCAPIN, l'interrompant.
Je ne vois rien, d'honneur!
PONTIGNAN.
Allons, ferme bien cette porte.
SCAPIN, en tremblant.
Fermons! pour empêcher que le diable ne sorte.
Vouloir le retenir, c'est être un enragé.

SCÈNE IV

PONTIGNAN, SCAPIN revenant.

PONTIGNAN, croyant parler à Léonor.

Ne craignez point d'être entendue,
Madame... Eh !... mais...

SCAPIN, d'un air triomphant.

Je suis vengé !

Voilà la dame en l'air !

PONTIGNAN.

Qu'est-elle devenue ?

La vois-tu ? dis donc ! dis !

SCAPIN.

Point ! Est-ce un préjugé ?
Est-ce une vision cornue ?
En chat noir je suis sûr que l'esprit s'est changé.
Ou plutôt, non ; je crois qu'il s'est plongé,
Pour disparaître, dans un gouffre ;
Et vous devez sentir que ce gouffre, en s'ouvrant,
Ici laisse une odeur de soufre
Qui nous prend au nez en rentrant.

PONTIGNAN, sans l'écouter, et cherchant.

Ne pourrai-je trouver le fil de cette trame ?
L'on entre ici par quelque endroit...
Mais dis, n'était-ce pas une très-belle dame ?

SCAPIN.

Elle, une dame ? ah ! oui !... bien fou qui le croirait.
C'est un esprit ; si c'était une femme,
Ici l'on la retrouverait.

PONTIGNAN, très vivement.

Je le soutiens ; quand on me hacherait,
C'était bien une femme. Elle s'est fait entendre,
Elle a parlé.

SCAPIN.

D'accord ; mais parlé d'un ton creux ;
Et n'a rien dit qu'on pût comprendre ;
Dailleurs comme je suis peureux,
Tombant à bas.... j'ai vu, par un hasard heureux,
Les deux pieds sur lesquels ce lutin-là se guinde ;

Et ces petits pieds amoureux
Sont faits comme ceux d'un coq d'inde.
Avec cinq ergots vigoureux.
Et je suis bien trompé, si sous sa jupe bleue
Je n'ai point encore vu, dans ces moments affreux
Frétiller trois fois une queue....
Oh! c'est un diable!

PONTIGNAN, d'un air moqueur.

Eh! bon! un diable aurait-il fui?
Ne m'eût-il pas fait quelque esclandre?
N'eût-il pas réclamé l'enfer et son appui?
A sa confusion, se fût-il laissé prendre?

SCAPIN.

Oh! quand le diable est pris, rien n'est plus sot que lui.

PONTIGNAN, furetant encore partout.

C'est quelque trappe ou quelque fausse porte...
Voyons encor... Je ne vois rien!

SCAPIN, tâtant le mur.

Non, cette boiserie est solide... elle est forte,
Et chaque panneau se rapporte,
Sans ouverture, et juste, au lambris qui tient bien.

PONTIGNAN.

Oh! parlons d'autre chose: allume une bougie
A la lanterne... Eh bien?

SCAPIN, tout tremblant.

Je n'ose en approcher!
Tout ce qui touche à la magie,
Il m'est défendu d'y toucher.
Et...

PONTIGNAN, allumant lui-même sa bougie.

Pauvre sot! Mets-moi cette veste brodée,
Sous ce surtout de velours noir.

SCAPIN, lui présentant l'habit seulement.

Vous-même passez-la.

PONTIGNAN passe lui-même sa veste dans son habit, que Scapin
tient. Et Scapin, en l'aidant à mettre son habit, affecte de ne point
toucher à la veste.

Le poltron! Crains de voir
Ma patience à la fin excédée!

SCAPIN, d'un ton chagrin.

Vous endossez donc, pour ce soir,
Cette veste de possédée?

PONTIGNAN.

Il le faut bien! Elle sert de signal,
Et doit me faire reconnaître
Par celui qui tantôt viendra me prendre au bal.

SCAPIN, en sanglotant.

Comme tout bon valet doit mourir pour son maître.
Dût le lutin me faire expirer sous ses coups,
Monsieur!... en me taisant je me croirais un traître,
Je parle donc, et vous parle à genoux!

(Il s'y met.)

Fuyez ce maudit rendez-vous,
Fuyez votre dame sorcière!
Je me dévoue à son courroux,
En vous fesant cette prière;
Mais tout au moins, à mon heure dernière,
Je prouve bien que je n'aimais que vous.

PONTIGNAN, d'un air de pitié.

Va, lève-toi, tendre imbécile!
Ce diable n'est point si mauvais.
Calme ta frayeur puérile;
Mais en revenant d'où je vais...

SCAPIN, l'interrompant vivement.

Quand on va chez le diable on n'en revient jamais.

PONTIGNAN, d'un ton très-ferme.

J'en reviendrai; songe à m'attendre.

SCAPIN.

Ici?

PONTIGNAN.

Sans doute.

SCAPIN.

Ici?

PONTIGNAN.

Ne va pas t'endormir.

SCAPIN.

Ici tout seul?... Vous me faites frémir!
Il vaut mieux, tout d'un coup, me pendre!

C'est le dernier soupir, hélas! que je vais rendre!
Mais au surplus, ici tout comme ailleurs,
L'esprit, pendant la nuit entière,
Me joûra ses tours les meilleurs...
En plaçant là, partout, de la lumière,
Je vous attendrai donc ici, si je ne meurs!
L'esprit va se donner carrière
Lorsqu'il ne craindra plus votre valeur guerrière.
Ciel! qui pourra me secourir?
C'est pour vous que je vais mourir.

PONTIGNAN.

L'on frappe ici.

SCAPIN.

Je vais ouvrir.

SCÈNE V

ALCIDOR, PONTIGNAN, SCAPIN.

SCAPIN, avec la plus vive frayeur.

Juste ciel!

PONTIGNAN.

Qui te fait reculer de la sorte?

SCAPIN, tremblant encore.

J'ai pris monsieur pour un esprit
A qui j'avais ouvert la porte.

PONTIGNAN, à Alcidor.

Excusez; c'est la peur, et rien ne l'en guérit.
C'est une passion bien forte!

ALCIDOR.

Vous venez de rentrer, à ce que l'on m'a dit.

PONTIGNAN.

J'ai pris une inutile peine,
Je n'ai trouvé personne, on était au Wauxhall.

ALCIDOR, reprenant vivement.

A s'ennuyer: jeudi j'y gagnai la migraine,
Et je pensai m'y trouver mal.

PONTIGNAN.

J'y dois aller cette semaine.

ALCIDOR, d'un ton léger.

En attendant, et si rien ne vous gêne,

Je m'en vais vous mener à notre petit bal !
Vous verrez ; (et je veux qu'elle vous entretienne)
    Une beauté d'un esprit sans égal,
    Un tour d'esprit original,
    Des grâces, une âme sensible :
    Je gage qu'il n'est pas possible,
Si vous l'entretenez une heure seulement,
Que vous ne quittiez pas votre dame invisible,
    Pour devenir de la mienne l'amant.

PONTIGNAN, avec impétuosité.

    Vous vous en flattez vainement.
    Vous exigez que je la voie,
Je la verrai... sans ce ravissement
    Que vous voulez que je déploie,
    Sans en être épris un moment.
Je vous préviens qu'il n'est aucune voie
De rompre mon attachement,
Et l'amour et l'honneur en ont fait le serment.

ALCIDOR, légèrement.

Je ne suis point battu ; permettez que je croie
Que je n'espère pas encor sans fondement.
Venez, venez.

PONTIGNAN, avec gaîté.

    Je vous suis bravement.

ACTE CINQUIÈME

SCÈNE I

LÉONOR, LA FORÊT en domino et un masque à la main.

LA FORÊT.

    Pontignan va bientôt paraître,
    Madame, et tout se passe au mieux,
    Il m'a suivi sans me connaître ;
Je l'ai tiré du bal d'un air mystérieux,

J'étais masqué; nous en sortons tous deux.
La nuit était obscure autant qu'elle peut l'être:
Il a souffert qu'on mît un mouchoir sur ses yeux·
Il est mené d'ailleurs par un vieux reître,
Un postillon... déjà fait à ces tours.
Sa voiture doit faire et fera cent détours.
Ce postillon... j'ai pris soin de l'instruire.
S'il l'interroge: alors à ses discours,
Mon drôle répondra qu'il a dû le conduire
Faubourg Saint-Honoré, fort près du petit Cours.
Et moi, chez Alcidor je saurai l'introduire
Par la porte des basses-cours.

LÉONOR.

Eh! n'a-t-il rien dit à son guide?
T'a-t-il parlé?

LA FORÊT.

Lui?... Non; mais d'un air intrépide
Il a monté dans le cabriolet
Sans...

LÉONOR, l'interrompant en souriant.

J'ai bien éprouvé qu'il n'était pas timide.

LA FORÊT.

Pour l'attendre là-bas je vais faire le guet.

LÉONOR.

Va, cours vite!   (La Forêt sort.)

SCÈNE II

LÉONOR.

Angélique est dans l'impatience
De finir cet amusement,
Que son amour déjà commence
A regarder comme un tourment.

SCÈNE III

LÉONOR, LISETTE,

LISETTE, accourant.

Madame, l'on l'attend de moment en moment·
Mais à ma maîtresse, d'avance,

N'avez-vous pas promis d'avoir la complaisance
De paraître d'abord aux yeux de son amant?

LÉONOR.

Oui, Lisette. Après quoi tout cesse;
Après quoi, nous verrons la fin de leur roman.

LISETTE.

Mais à votre bal Pontignan
A-t-il parlé, madame? a-t-il vu sa maîtresse?...
Avait-elle un masque?

LÉONOR.

Oui. Mais elle l'a quitté
Sans affectation... avec assez d'adresse,
Quand Pontignan s'est près d'elle arrêté;
Ils ont causé longtemps. Chacun de son côté
A déployé sa gentillesse,
Sa grâce et sa légèreté.
Quand, au plus fort de leur vivacité,
Notre Anglais en masque effronté
S'approche, parle bas, s'empare comme un **traître**
De Pontignan, qu'avec dextérité
Du bal alors il a fait disparaître
Pour se voir ici transporté.

LISETTE.

J'entends du bruit; c'est lui, peut-être.

LÉONOR.

C'est lui; je vais le recevoir.

SCÈNE IV

LÉONOR, PONTIGNAN, LISETTE, LA FORÊT masqué.

LÉONOR, en riant.

Monsieur, je vous dois quelque excuse...
Ce n'est pas moi que vous brûlez de voir.

(S'adressant à Lisette et à La Forêt qui se retirent.)

Vous allez avertir,... et sans que l'on s'amuse...

PONTIGNAN, l'interrompant.

L'ordre que vous donnez me permet quelque espoir,

Madame, et si je ne m'abuse
Il va finir mon embarras.
(D'un air doux et poli.)
Mais pourtant n'imaginez pas
Que je sois assez dans l'ivresse
Pour n'avoir pas rendu justice à vos appas...
Que, malgré le trait qui me blesse..

LÉONOR, l'interrompant.

Monsieur, c'est une politesse
Dont je vous quitte assurément.
Parlons de votre enchanteresse :
Vous l'aller voir ; mais après le moment
Qu'elle aura rempli sa promesse,
(En souriant.)
N'appréhendez-vous pas qu'elle ne disparaisse,
Comme tantôt vous avez vu
Que moi-même j'ai disparu ?

PONTIGNAN, d'un ton léger et badin.

Mesdames... vous avez la gloire
De m'avoir étonné par vos tours de Comus...
Et, pour les deviner ainsi que votre histoire,
Tous mes efforts ont été superflus.
Mais voilà tout ; ne prétendez pas plus...
Vous ne pourrez jamais m'amener jusqu'à croire
Les grandes vérités que contient le grimoire...
Jusqu'à croire aux esprits....

LÉONOR, l'interrompant en riant.

Votre incrédulité
(Angélique paraît au fond du théâtre.)
Par l'esprit qui paraît sera bientôt vaincue,
Il saura vaincre aussi votre intrépidité.

PONTIGNAN, courant à Angélique.

Eh ! c'est mon aimable inconnue !

SCÈNE V

LÉONOR, ANGÉLIQUE voilée, PONTIGNAN.

PONTIGNAN, impétueusement.

Oui ! je vous reconnais aux transports de mon cœur !

A mon tendre délire, aux élans de mon âme!
(D'un air tendre et inquiet.)
Mais vous verrai-je enfin madame?
Me tiendrez-vous encor rigueur?

ANGÉLIQUE, très-tendrement.

Je voudrais finir votre peine....
(D'un air d'incertitude.)
Eh! mon cœur la ressent! Mais, je suis... incertaine...
Dois-je à vos yeux me laisser voir?
A l'art d'une magicienne
Rien n'est caché; j'ai donc vu que ce soir,
Au bal, une beauté digne qu'on s'en souvienne
Sur votre cœur a tenté son pouvoir.
Puis-je à présent ôter mon voile sans savoir,
Dans la tendre frayeur dont mon âme est saisie,
Si tout à coup votre cœur emporté
N'a...

PONTIGNAN, l'interrompant impétueusement.

Cette feinte jalousie
N'est rien, cruelle, rien qu'un prétexte affecté
Pour retarder le bonheur de ma vie,
Et vous jouer ici de ma simplicité!

ANGÉLIQUE, très-vivement.

Ce n'est point un prétexte... Eh! non, en vérité!...
Avant de me montrer il m'importe d'apprendre
L'effet indifférent ou tendre
Qu'a fait sur vous cette beauté.

PONTIGNAN, d'un air de dépit et d'humeur.

Soit! Eh bien! soit, madame, et vous allez l'entendre!

ANGÉLIQUE, vivement.

Mais soyez vrai, parlez avec sincérité.
Vous savez que mon art...

PONTIGNAN, avec colère, et l'interrompant.

Laissons-là vos prodiges,
Madame, et souffrez-moi mon incrédulité;
Je ne saurais donner dans tous vos vains prestiges!
Revenons à cette beauté
(Avec aigreur.)
Dont votre esprit jaloux s'est si fort affecté!

(D'un ton plus doux.)
J'avoûrai franchement que cette femme est belle ;
 Et de plus, très-spirituelle !

  ANGÉLIQUE, d'un air riant et badin.
Oh ! belle ?

  PONTIGNAN, reprenant avec impétuosité.
 Pardonnez, si je la trouve telle.
Oui, belle ! Et si, peut-être, hélas ! pour mon malheur,
 Je ne vous avais pas connue,
Ses charmes, son esprit, dès la première vue
  Auraient triomphé de mon cœur...
  Cette femme moins absolue
M'aurait traité sans doute avec plus de douceur ;
Mais à tel point pour vous mon âme est prévenue,
  Qu'en l'observant, j'ai vu d'abord
  Entre elle et vous quelque rapport ;
C'est tout ce que j'ai vu. Des traits de ressemblance.
 (Avec volubilité.)
Blancheur, de belles mains, la même contenance.
  Même noblesse dans le port ;
  Dans la taille même élégance.
  De la raison sans suffisance ;
  De l'esprit sans aucun effort,
Et votre don de plaire avec la même aisance.

  ANGÉLIQUE, de l'air de la satisfaction.
 Vous en parlez avec transport.

  PONTIGNAN, de l'air le plus tendre et le plus passionné.
 Eh ! mais c'est qu'en vous parlant d'elle,
  Je parle en même temps de vous.
Si vous aviez au bal un espion fidèle,
Il a dû vous guérir de vos soupçons jaloux.
  Il a dû vous peindre mon zèle,
 Et de quel air j'ai quitté cette belle
Pour courir, pour voler à notre rendez-vous !

  ANGÉLIQUE, très-tendrement et très-vivement.
Je le savais. Mais j'aime à vous voir ce courroux,
Il m'est de votre amour un plus sûr témoignage.
Ces doux emportements, vos yeux, votre visage,
 Votre air tendre et passionné ;

Tous vos transports pour moi sont un hommage;
Tout me prouve l'amour que je vous ai donné.
   (Otant son voile.)
  Voyez-moi donc sans tarder davantage.
PONTIGNAN, pétrifié.
   O ciel!
ANGÉLIQUE, en souriant.
   Vous êtes étonné?
PONTIGNAN, immobile encore et s'animant par degrés.
Pétrifié!... Ma voix s'ouvre à peine un passage.
   Quoi! c'est vous que j'ai vue au bal?
(Impétueusement.)
  Frappé d'abord de votre éclat extrême,
Puis soumis tout à coup à l'empire suprême
   De ce mérite sans égal
Que je n'ai vu qu'en vous, dans vous seule que j'aime,
   Ah! mon bonheur n'est donc plus idéal. [même]
Je vous cherchais en vous, madame, et c'est vous-
ANGÉLIQUE, d'un air agréable et tendre.
   A présent, de mon straatgème
   Me voulez-vous encor du mal?
PONTIGNAN, avec vivacité.
   Eh! non, madame; mais je brûle
De savoir au plus tôt le nom de la beauté,
Quel état?..
ANGÉLIQUE, l'interrompant d'un ton badin.
   Ah! souffrez qu'ici je capitule...
J'ai même rang que vous, j'ai même qualité;
Tout se trouve assorti. N'ayez aucun scrupule,
   Mais permettez que je recule
   Jusqu'à demain cet éclaircissement.
PONTIGNAN, très-impétueusement.
Mais demain, c'est un siècle.
ANGÉLIQUE, en riant.
        Eh bien! dans un moment,
   Si vous étiez moins incrédule,
Peut-être je pourrais par quelque enchantement
Vous abréger ce siècle et cet arrangement;
Mais, comme un esprit fort...
(Elle est interrompue.)

SCÈNE VI.

LÉONOR, ANGÉLIQUE, PONTIGNAN, LISETTE.

LISETTE, accourant et interrompant.

Madame!... votre frère...

ANGÉLIQUE.

Vient-il?

LISETTE.

Vous l'allez voir.

ANGÉLIQUE, à Pontignan.

Suivez-la promptement.

(Bas à Lisette.)

Lisette, avec quelque mystère
Fais-le rentrer dans son appartement,
Et tout aussi mystérieusement
Tu le ramèneras,.quand on m'aura quittée.

(Pontignan se retire avec Lisette.)

LÉONOR.

En un clin d'œil il va se retrouver chez lui.
Quoi qu'il en dise, il doit croire aujourd'hui
Que sa demeure est enchantée.

SCÈNE VII.

ANGÉLIQUE, LÉONOR, ALCIDOR.

ALCIDOR.

Pourquoi donc Pontignan du bal s'est-il enfui,
Ma sœur?

ANGÉLIQUE, d'un air malin.

Je n'en sais rien; mais il est fort possible
Qu'il ait eu quelque messager
De la part de son invisible,
Qui veut cesser de l'être, et qui veut l'engager.

ALCIDOR.

Fi donc! cela n'est pas plausible.
Son goût pour cette infante est un goût passager.

LÉONOR, l'interrompant.

(A Angélique avec gaîté.)

Un goût passé, plutôt. Au bal il vous a vue,
C'est fait de lui. Le bonhomme, à présent,
Est confondu de voir sa liberté perdue.
Un seul de vos regards est plus que suffisant
Pour débusquer cette inconnue,
Et vous l'épouserez.... Cela sera plaisant.

ALCIDOR, avec quelque gaîté aussi.

Je le voudrais: j'en accepte l'augure.
Je crois votre prédiction.

(Se tournant vers Angélique.)

Et Pontignan, ma sœur, comment, par aventure,
Le trouvez-vous?

ANGÉLIQUE, assez froidement.

Mais, bien.

LÉONOR, reprenant très-vivement.

Très-bien!... d'une figure
D'une grande distinction.
Elle me l'a dit.

ALCIDOR, de l'air de la satisfaction.

Bon!

ANGÉLIQUE, à Léonor d'un air enjoué.

Mais vous n'êtes pas sûre
Dans le commerce, au moins. Quelle indiscrétion!

ALCIDOR, à Angélique.

Dans ce cas, je vais tout à l'heure
Monter chez lui, savoir quelle est l'impression
Qui de vos charmes lui demeure,
Et mener cette affaire à la conclusion.

SCÈNE VIII.

ANGÉLIQUE, LÉONOR.

ANGÉLIQUE.

Mais je n'y pense pas, je laisse aller mon frère;
Il faut le ramener ici.
S'il parle à Pontignan, adieu tout le mystère;

Tout serait bientôt éclairci.
Courons vite après lui, ma chère.

(Elles sortent ensemble.)

SCÈNE IX.

SCAPIN, seul, entrant dans la chambre de son maître, une chandelle allumée à la main, et mourant de peur.

Dans cette chambre, enfin, malgré moi me voici.
Toi, dont les doigts crochus vont me serrer peut-être,
  Attends du moins qu'ici mon maître
  Vienne me rassurer le cœur.
  Esprit, ne me prends pas en traître:
Quand je suis battu seul, j'ai cent fois plus de peur.
 (Sa frayeur redouble.)
  Que vois-je!... une noire vapeur!...
  C'est un fantôme!... c'est mon diable!
(La frayeur lui fait éteindre sa lumière.)
  Ciel! ma lumière!... Il vient de la souffler!...
  Que deviendrai-je?... Ah! misérable!
C'est fait de moi, l'esprit va m'étrangler.

SCÈNE X.

PONTIGNAN, LISETTE, SCAPIN.

(Lisette restée à l'entrée de la cloison, par laquelle elle se retire après avoir parlé à Pontignan,)

LISETTE.
Ici vous n'avez qu'à m'attendre.

PONTIGNAN.
En ce lieu vous reviendrez donc?

LISETTE, rentrant par la cloison.
Dans l'instant je viens vous reprendre.

PONTIGNAN, rencontrant Scapin et mettant l'épée à la main.
Une main m'a touché! qu'est-ce? où m'amène-t-on?

SCAPIN, touchant l'épée de Pontignan.
Ah! ciel! qui pourra me défendre?

C'est bien pis qu'une griffe, une épée! Ah! pardon!
(Criant et appelant.)
Mon maître!... Ce chien-là me laisse à l'abandon.

PONTIGNAN.

Qui va là?

SCAPIN, avec l'excès de la frayeur.
Le valet d'un maître détestable,
Qui me fait garder le mulet
Pendant le rendez-vous que lui donne le diable.

PONTIGNAN.

C'est toi, Scapin?

SCAPIN.
Oui, c'est votre valet.
Venez-vous du sabbat par les airs?

PONTIGNAN.
Misérable!

SCAPIN.
Monté sur un manche à balai?

PONTIGNAN.
Où sommes-nous?

SCAPIN.
Dans votre chambre.

PONTIGNAN.
Traître!
Tu plaisantes encor?

SCAPIN.
Non pas assurément.
Eh! mais, où croyez-vous donc être?
C'est ici votre appartement.

PONTIGNAN.
Ici? cela n'est pas possible.
Depuis le temps que l'on m'a pris,
Dans une voiture pénible,
Pendant une heure et plus, j'ai roulé dans Paris.

SCAPIN.
Oh! quoi qu'il en soit, les esprits
Vous ont remis chez vous dans leur voiture horrible

PONTIGNAN.
Je n'en crois rien. Je suis chez Alcidor?

SCAPIN.

Eh! oui, monsieur.

PONTIGNAN.

Cela ne peut pas être.

SCAPIN.

Vous trouverez le corridor
En sortant, après la fenêtre.

PONTIGNAN.

Je ne saurais le croire encor:
Voyons les lieux moi-même; allons les reconnaître.
La peur te trouble, ou tu n'es qu'un butor.
Assurons-nous en par moi-même.

(Il sort.)

SCÈNE XI.

SCAPIN, LISETTE venant sans lumière

LISETTE, appelant.

St! monsieur!

SCAPIN.

Oh ciel!

LISETTE, appelant encore.

St!

SCAPIN.

Ma frayeur est extrême!

J'entends l'esprit!

LISETTE, prenant Scapin sous le bras.

Allons.

SCAPIN.

Aller sans savoir où?

LISETTE.

Venez.

SCAPIN.

Si je résiste, il me tordra le cou.

SCÈNE XII

PONTIGNAN, seul.

Scapin, tu m'as dit vrai.... Je vois leur stratagème.

J'y suis sans doute... Il se pourrait...
Il est certain que le coquin adroit
Qui me menait dans sa voiture
Aura fait cent détours pendant la nuit obscure,
Pour me remettre au même endroit.
Et voilà par quelle aventure
Je me retrouve enfin chez moi.
Scapin!... où donc est-il? Il sera mort d'effroi.

SCÈNE XIII

PONTIGNAN, ALCIDOR précédé d'un laquais qui porte
un flambeau qu'il met sur la table.

ALCIDOR.

Comment! tout seul et sans lumière?
Qui diable l'aurait deviné ?

PONTIGNAN, d'un air de trouble et d'embarras.

C'est une chose singulière...
S'étant éteinte... j'ai sonné...
Scapin, qui... ne vient point...

ALCIDOR, l'interrompant.

A votre air étonné
J'ai peur   que quelque autre matière...
Qu'avez-vous?

PONTIGNAN.

(à part.)
Je n'ai rien! Où l'a-t-on emmené?

ALCIDOR.

Vous rêvez! mais pour vous distraire
Parlons de la dame du bal:
Comment la trouvez-vous? pas mal?

PONTIGNAN, vivement et d'un air doux et poli.

Pas mal! L'expression ne peut me satisfaire.
Ce *pas mal* ne rend point (soit dit sans vous déplaire)
L'impression et tendre et forte que doit faire
Un objet qui n'a point d'égal.

ALCIDOR avec gaité

Quoi! l'aimez-vous déjà?

PONTIGNAN, très-vivement.
                    Je fais plus ; je l'adore.
Sur ses parents avez-vous du crédit ?
                    ALCIDOOR.
Beaucoup .

                    PONTIGNAN, avec impétuosité.
          Ah ! ce crédit mon ami je l'implore
Pour obtenir sa main !
                    ALCIDOR d'un air très-étonné.
                    Quoi ! déjà tout est dit ?...
          Déjà ?... Je le répète encore.
Votre prompt changement m'étonne et m'étourdit
                    PONTIGNAN.
          Quel changement ?

                    ALCIDOR.
                    Quoi ! votre aventurière,
Mon cher ami vous la plantez donc là ?
          Vous la quittez de la manière
          Dont on quitte ces femmes-là :
C'est fort bien fait ! J'avais prédit cela.
                    PONTIGNAN, très-vivement.
          Mais vous tombez dans une erreur grossière :
Je ne la quitte point.

                    ALCIDOR.
                    Quel galimatias !
                    PONTIGNAN.
          Non : la chose est bien entendue.
La dame qui partout faisait suivre mes pas...
Oui, la dame du bal, et ma belle inconnue,
C'est la même personne !
                    ALCIDOR.
                    Ah ! ne le croyez pas !
                    PONTIGNAN, très- vivement.
Eh ! mais dans sa maison moi-même je l'ai vue !
C'est pour l'aller trouvr qu'en m'a tiré du bal.
Je l'ai, pendant une heure au moins entretenue ;
Et sans un importun, sa s quelque original,
Qui chez elle est venu troubler notre entrevue.
J'y serais encor !

ALCIDOR, d'un air troublé.

Vous ?... Ma raison confondue...
A mon étonnement rien ne peut être égal.

PONTIGNAN.

Oh ! parbleu ! le mien n'est pas moindre :
Je n'entends pas comment je me retrouve ici.

ALCIDOR.

Venez ; et sur ce fait, sur l'inconnue aussi
          La personne que je vais joindre
          Me rendra bientôt éclairci.

(Il appelle, et se fait éclairer par un valet.)

Holà ! quelqu'un ! Prenez ceci.

(Ils sortent.

SCÈNE IV.

LISETTE, SCAPIN, dans la chambre d'Angélique.

LISETTE, y conduisant Scapin

Reste ici, songe à te soumettre
A mes ordres, ou tu péris,
Par deux esprits bientôt je te ferai remettre
Au même endroit où je t'ai pris.

SCAPIN, avec la dernière frayeur.

Par deux esprits encore ?

LISETTE.

Oui, viens, et t'aguerris.

Écoute, mon ami : je veux bien te permettre
          Dans ce moment-ci de me voir.
Regard-emoi !

SCAPIN, tout tremblant sans regarder.

Je voudrais le pouvoir ;
Mais j'ai perdu l'usage de la vue.

LISETTE.

Retourne-toi.

SCAPIN.

Je ne puis me mouvoir ;
Je suis pétrifié ; je suis une statue,
Sans pieds, sans bras, sans mains et la crainte me tue

L'ESPRIT FOLLET.   6

LISETTE.

Voudrais-tu te donner à moi ?

SCAPIN, reculant d'horreur.

Me donner à toi ! Dieu m'en garde !
Juste ciel ! me donner à toi !

LISETTE.

Je ne suis point laide, regarde ;

(Le tiraillant.)

Je veux que tu me voyes ! voi !
Je te prends sous ma sauve-garde.
L'on frappe ! eh quoi ! si tard, qui viendrait-on cher-
[cher?]

SCAPIN

Des esprits la bande est lâchée ;
C'est leur grand diable ! où m'irai-je cacher ?
Voici ma figure nichée.

(Il se fourre sous un rideau.)

SCÈNE XV

ALCIDOR. PONTIGNAN, LISETTE, SCA-
PIN caché.

ALCIDOR, en dehors.

Mais, veut-on bien se dépêcher ?

LISETTE.

Qui frappe ?

ALCIDOR.

(En entrant.)

Ouvre ! Ma sœur n'est pas encor couchée ?

LISETTE, en s'en allant.

Non, je cours l'avertir.

ALCIDOR, à Pontignan, en s'en allant aussi.

Vous m'attendrez ici.

SCÈNE XVI

PONTIGNAN, SCAPIN, encore caché.

PONTIGNAN.

Il m'amène et s'en va : que veut dire ceci ?

Ce qui m'arrive est incroyable!
(Apercevant Scapin caché.)
Eh! c'est Scapin! qui t'a mis là?
SCAPIN.
Le diable.
PONTIGNAN.
Eh quoi! le diable?
SCAPIN, sortant de sa niche.
Oui, lui-même, le diable.
Je le crois voir partout.... ah! monsieur, le voilà!...
J'ai fait un chemin effroyable,
Et j'ai couru de çà de là!
C'était, je pense, en l'air! Appréhendant la chute,
Et de tomber d'un peu trop haut,
Afin d'éviter la culebute,
J'ai suivi, sans mot dire et sans nulle dispute.
Le lutin... qui me mène au sabbat d'un plein saut.
Il y fait beau, mais il y fait bien chaud.
PONTIGNAN, avec beaucoup d'impatience.
Oh! tais-toi! ta sottise à la fin me rebute!
(Il examine l'appartement.)
Mais, en dois-je croire mes yeux?...
Oui!... je suis dans les mêmes lieux....
C'est ici qu'on m'a fait entrer.
SCAPIN.
Mais la sortie
Est-elle aisée?
PONTIGNAN, à part, d'un air pensif.
Oui, je vois un peu mieux...
Enfin je découvre en partie
Ce qui semble pouvoir confondre ma raison...
Sur ce fondement-ci leur intrigue est bâtie:
La dame que j'ai vue est de cette maison!
SCAPIN, très-vivement.
Croyez-moi: la maison, la dame, vous et l'hôte,
Et tout ce qui leur tient par quelque liaison;
Vous irez tous au diable!... et ce n'est pas ma faute.
Moi, si j'y vais, ce sera malgré moi;
Et vous en porterez le péché.

PONTIGNAN, très-brusquement.
Paix! tais-toi!

SCAPIN.
Mais, que vois-je? Alcidor, avec nos deux sorcières!

SCÈNE XVII

ANGÉLIQUE, LÉONOR, PONTIGNAN, ALCIDOR, LISETTE, SCAPIN.

PONTIGNAN, vivement à Angélique.
Madame, est-ce vous que je voi?
Et venez-vous ici nous donner des lumières?
Nous dire votre nom?..

ALCIDOR, l'interrompant d'un ton badin.
Vous apprendrez de moi
Les noms de ces aventurières.
L'une est ma sœur, vous recevrez sa foi...

PONTIGNAN, baisant la main d'Angélique avec transport.
Madame!

ANGÉLIQUE.
Ah! Pontignan!

SCAPIN.
Quel chien de stratagème!..,
Faire le diable!

PONTIGNAN, embrassant Alcidor avec l'ivresse de la joie.
Ah! mon cher Alcidor!...
Je ne me connais plus... mon bonheur est extrême!

ALCIDOR.
Connaissez du moins Léonor.

(Pontignan fait politesse à Léonor.)
Oronte va l'unir à Saint-Alban qu'elle aime.

LISETTE, à Scapin.
Craindras-tu les esprits encor?

SCAPIN.
Non: mais qui me rendra mon argent?

LISETTE, le lui remettant dans une bourse.
C'est moi-même!
Va, mange mes anis; voilà ton or, benais!

ANGÉLIQUE, qui n'a point cessé de parler avec action à Pontignan, le mène à la fausse porte.

J'entrais chez vous par cette fausse porte.

PONTIGNAN, après avoir examiné la porte.

Jamais l'on n'aurait pu la deviner... jamais!
Pour l'espion qui vous rapporte
Ce que je dis, ce que je fais,
J'ai soupçonné...

SCÈNE XVIII

ANGÉLIQUE, LÉONOR, PONTIGNAN, ALCI-DOR, LISETTE, SCAPIN, LA FORÊT.

LA FORÊT, entrant à la fin de la scène précédente, et interrompant.

Qui, monsié? fotre Anklais?

PONTIGNAN.

Justement.

LA FORÊT, parlant de son ton naturel.

Oui, monsieur, il parle bo nfrançais;
En masque, au bal, il est venu vous prendre.

(Reprenant son baragouin.)

Eh! par un paustillon qui l'est bien ententu,
Et que l'on pelle ici *le petit Alexandre*
Dans Paris il fous a pertu,

(Parlant bon français.)

Pour revenir ici vous rendre.

ALCIDOR.

Rentrons, vous conterez chez moi par le menu
Des détails que je veux entendre.

(Ils sortent.)

SCAPIN, aux spectateurs.

Messieurs, ceci vient de m'apprendre
Que tel qui par ses yeux se croit bien convaincu,
Tel qui pense avoir vu le diable, n'a rien vu.

FIN

COLINETTE

CHANT.

PIANO.

Co_li_nette au bois s'en al_

_la,   En sau_til_lant par_ci, par_

_là: Tra la dé_ri dé_ra! Tra la dé_ri dé_

ra' "Fil_lette, où cou_rez-vous comm'

ça?... Mon_sieur j'm'en_vais, dans c'p'tit bois-

-la, Cueil_lir la noi_set_. . . .

ça, Co - li - nette,　　　　N'ya pas

d'mal à　　cà !

COLINETTE

CHANSONNETTE DE *NICODÈME DANS LA LUNE*

PAROLES ET MUSIQUE DU COUSIN JACQUES

ACCOMPAGNEMENT DE PIANO PAR M. M. LASSIMONNE.

Colinette au bois s'en alla,
En sautillant par-ci, par-là;
Trala deridera, trala deridera.
Un biau monsieu' la rencontra,

Frisé par-ci, poudré par-là.
Trala deridera, trala deridera.
« Fillette, où courez-vous comm' ça? »
— Monsieu', j' m'en vais dans c' p'tit bois-là,
Cueillir la noisette.
Trala deridera, trala deridera.

(*Parlé.*) — Quoi! toute seule? — Oui, monsieu. — Et vous
n'avez pas peur du loup? — Non, monsieu. — Eh bien,

Gnia pas d' mal à ça,
Colinette,
Gnia pas d' mal à ça.

A ses côtés l' monsieu' s'en va,
Sautant, comme ell', par-ci, par-là;
Trala deridera, trala deridera!
« Où v'nez-vous donc, monsieu', comme ca?

(*Parlé.*) — Moi?

J'vais avec vous dans c' p'tit bois-là.
Trala deridera, trala deridera!
Mais, jusqu'au temps qu' nous soyons là,
Chantons gaîment, par-ci, par-là,
La p'tit' chansonnette :
Trala deridera, trala deridera.

(*Parlé.*) — Mais quoiq' vous fait' donc, monsieu? J' n'aime
pas qu'on m' tienn' comme ça par-dessous l' bras! — Eh! pourquoi donc ça?

Gnia pas d' mal à ça,
Colinette,
Gnia pas d' mal à ça.

L' monsieu' li dit, quand i fur'nt là,
« Asseyez-vous su' ç' gazon-là.

(*Parlé.*) — Eh pourquoi faire? »

Trala deridera, trala deridera!
Sans résistance il l'embrassa.

Et p'tit à p'tit, *et cætera*...
Trala deridera, trala deridera !
    La pauvre fille en sortant d' là,
    Garda l' silence et puis pleura.
        Personne ne répète :

Tristement et lentement.

Trala deridera, trala deridera !

(*Parlé*.) « Ah ! mon Dieu ! queu malheur et queu' honte ! oh !
si j'avais su ça ! — Taisez-vous donc, vous faites l'enfant...

        Gnia pas d' mal à ça,
            Colinette,
        Gnia pas d' mal à ça.

    Pendant queuqu' temps l' monsieu' resta,
    Et puis après il décampa,
Trala deridera, trala deridera.
    Colinette en vain s' dépita ;
    Plus d'amoureux ne s' présenta...
Trala deridera, trala deridera !
    Tout comme un' peste on l'évita ;
    Pour s' moquer d'ell', chacun chanta
        D'vant sa maisonnette ;
Trala deridera, trala deridera.

(*Parlé*.) « Ah ! j' vois ben, mais trop tard, disait la pauvre
honteuse, en souffrant des maux de cœur,

        Qu' gnia qu' du mal à ça,
            Colinette,
        Qu' gnia qu' du mal à ça.

LE BOUDOIR D'ASPASIE

CHANT.

Tout est char_mant chez

PIANO.

As _ pa _ si _ e ; L'art y _ pro

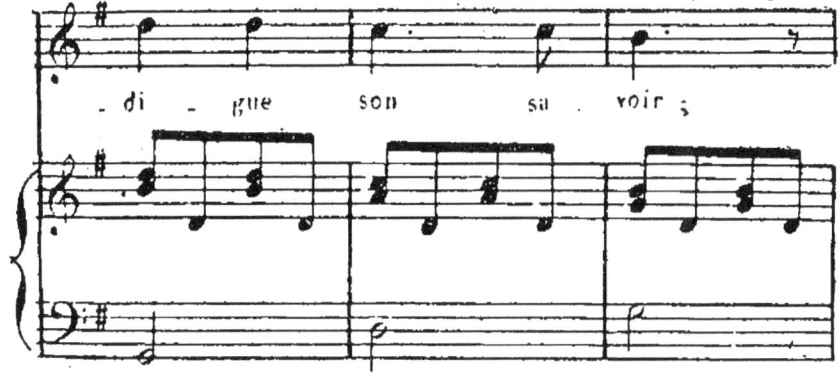

_ di _ gue son sa voir ;

Mais   ce   que j'aime   à   la   fo-

-li__e; C'est son so__pha, C'est son bou-

-doir.   Mais   ce   que j'aime

LE BOUDOIR D'ASPASIE

PAROLES DE GOURDON | MUSIQUE DE CAMPRA

ACCOMPAGNEMENT DE PIANO PAR M. A. BLANGY

Tout est charmant chez Aspasie ;
L'art y prodigue son savoir :
Mais ce que j'aime à la folie,
C'est son sofa, c'est son boudoir.

Un jour, dans l'ombre du mystère,
L'Amour près d'elle vint s'asseoir :
Il croyait être avec sa mère
Sur son sofa, dans son boudoir.

Je veux l'aimer toute la vie :
Heureux quelquefois de pouvoir
Le dire à la belle Aspasie
Sur son sofa, dans son boudoir.

Vous qui, contre mon Aspasie,
Tâchez en vain de m'émouvoir,
Que peut votre philosophie
Contre un sofa, dans un boudoir?

Vous aimeriez mon Aspasie
Si, comme moi, vous pouviez voir
Combien la friponne est jolie
Sur son sofa, dans son boudoir.

Elle est coquette, elle est volage;
Mais je ne veux pas le savoir :
Quelle est la femme qui soit sage
Sur son sofa, dans son boudoir?

Paris. — Imp. Vve P. Larousse et Cie, rue du Montparnasse, 19.

20 c. — THÉÂTRE — 20 c.

CHEZ TOUS LES LIBRAIRES

Sera continué

Paris. — Imp. Vᵉ P. LAROUSSE et Cᵒ, rue du Montparnasse, 19

www.ingramcontent.com/pod-product-compliance
Lightning Source LLC
Chambersburg PA
CBHW071123260626
47162CB00006B/2431